KB209277

되겠다는
마음

되겠다는 마음

오성은 소설

은행나무

차례

고, 어해

날카로운 경적이 이제 막 항구를 벗어난 노인의 배를 불러 세웠다. 노인은 조타실 창문을 열고 담배 한 대를 입에 물던 참이었다. 소형 경비정이 물살을 가르며 금광호를 향하고 있었다. 노인은 속도를 늦추며 기어를 중립으로 옮겼다. 저무는 해의 붉은 빛줄기가 물결마다 굽이진 구월의 초하루였다. 묘박지에 닻을 내린 대형 선박들이 하나둘 전등을 밝히고 있었다. 경비정은 뱃머리를 돌려 금광호의 우현 선측에 나란히 붙었다.

"심 선장님 돈이 급한가봅니다. 안 하던 야간작업을 다 하시고."

이 경위가 경비정의 갑판 위로 나와 노인에게 말을 붙였다. 노인은 재떨이의 가장자리에 담배를 끼워두고 갑판 위로 나왔다. 타들어가는 담배가 아쉬웠지만 이 경위의 신경을 거스를 필요는 없었다. 경비정이 항구로 향하는 걸 보니, 해안 순찰을 끝내고 복귀하는 길일 터였다.

"보름이라."

노인은 짧게 대답하고 냉동 창고에서 포대 자루를 꺼내어 경비정 갑판으로 던졌다. 포대 자루 속에는 급속 냉동된 삼치 토막이 들어 있었다. 원양에서 돌아온 선박이 기름을 받을 때면 혼자 사는 노인에게 얼려둔 삼치 덩어리를 나눠주었고 노인은 조타실 의자 아래에 담배 몇 보루를 쟁여놓았다가 귀항 선물로 보답했다. 어제도 삼치를 실은 원양어선에 기름을 날랐으니 이 경위가 모를 리 없었다. 이 경위는 엄지를 치켜들어 보이고 포대 자루를 한쪽으로 옮겼다. 노인의 예감이 틀리지 않았다면 곧 단속이 시작될 것이었다. 노장의 배는 단속을 최대한 미뤄주는 것이 항구의 관용이기도 했지만, 이 경위는 노인의 배를 관용 이상으로 봐주고는 했다.

매년 규정에 맞춰 배를 수리하기 위해서는 적잖은 돈이 들었다. 게다가 규정이 강화되면서 연식이 오래된 배의 수리 주기가 짧아졌다. 노인의 배는 올해도 가까스로 단속을 통과할 수 있었다. 이 경위의 도움이 없었다면 금광호는 벌써 폐선 처분을 받았을지도 몰랐다. 금광호가 수명을 다했다는 것은 누구나 알고 있었다. 노인은 이 경위의 배려를 거절할 처지는 아니었지만 노골적인 동정심에 자신도 모르게 날이 섰다. 포댓자루를 하나 더 던져주자 이 경위는 양 엄지를 치켜세웠다.

"내일 오전에는 태풍이 온다고 하니, 깡깡이 마을에다 잘 묶어두십시오."

깡깡이 마을은 ㄷ자로 항구를 재정비해두어 파도를 피하기에 용이했다. 태풍이 올 때면 배들은 서로를 밧줄로 이어 지탱하는데, 잘 묶여 있기만 하면 어떤 태풍이건 문제가 없었다. 하지만 두 해 전 태풍 전야에 금광호의 밧줄이 풀려 영도대교로 떠내려간 일이 있었다. 해경이 떠내려간 배를 발견하고 구조하기까지 다섯 시간이 걸렸다. 금광호는 영도대교의 기둥을 보호하는 쇠로 된 난간에 부딪힌 채 좌초되어 있었다. 노인은 이때 망가진 난간의 보수비용을 감당해야 했다. 손해도 손해지만 제 손으로 묶은 밧줄의 매듭이 풀려버린 사실에 한동안 가슴을 앓았다.

"태풍이 배를 가리진 않지."

노인이 조타실로 들어가자 경비정도 가벼운 경적으로 인사를 대신했다. 경비정의 뱃머리가 항구 쪽으로 휘어지자 물살이 금광호의 선측을 가볍게 밀어냈다. 금광호의 갑판 위에 일렬로 세워진 드럼통 중 하나가 제자리에서 뱅그르르 돌며 옆의 드럼통을 건드렸고, 그 충격이 도미노처럼 이어졌다. 드럼통들이 대열에서 이탈할 듯 불안하게 흔들리며 텅- 하는 울음 같은 긴 소리를 냈다. 금광호가 빈 드럼통을 싣고 항해하는 건 드문 일이었다. 노인은 재떨이에 놓아둔 담배를 물고 빈 드럼통들이 내는 소리를 듣고 있었다. 경비정은 그 소리를 듣지 못할 정도로 이미 멀어져버렸지만, 노인은 서둘러 기어를 넣고 수평선을 향해 방향키를 돌렸다.

오늘은 보름이었다. 지구를 가운데 두고 해와 달이 곧은 선 위에 놓이는 날. 다른 날보다 유속이 빨라 바닷속이 가장 흐린 날이었다. 바닷속이 흐려지는 만큼 바다의 색은 한층 짙어졌다. 보름이면 먼바다로 나갔던 대형 선박들이 항구를 향해 돌아왔다. 그들이 거친 바다를 피해 항구 가까이 머무르는 동안 노인은 금광호에 기름을 실어 배달했다. 금광호는 삼십 년을 넘게 기름을 채운 드럼통을 싣고 다녔다. 노인은 삼십 년이 넘게 기름이 든 드럼통을 굴리며 일했다. 출항하기 전 드럼통을 굴려 금광호에 실으면 기름의 무게가 배의 흔들림을 줄여 고요해지는 순간이 찾아왔다. 노인은 그 순간에는 꼭 지구가 평평하게 느껴졌다. 조타실 의자에 몸을 깊숙이 기대어 눕듯이 앉아 방향키에 발을 올려둔 채로 이런 생각에 잠겼다. 그 자세로 가늘고 긴 담배를 피워 물며 지구의 평평함에 안락함마저 느꼈다. 노인은 금광호를 자신의 지구로 삼고 있었다.

오늘은 빈 드럼통이 실려 있었다. 노인은 짙은 색의 바다를 바라보며 담배를 물고 있었다. 보름의 물살에 따라 담뱃재가 이리저리 흩날렸다.

아까부터 갈매기 한 마리가 금광호를 뒤따르고 있었다. 갈매기는 본래 육지로부터 그리 멀리 벗어나지 않았지만, 가끔 돌아갈 때를 놓치는 녀석들이 있었다. 실로 이어진 연과 얼레처럼 배를 따라 하릴없이 날갯짓을 하다 보니 어느새 바다 한가운데였을 것이다. 노인은 조타실 창문 밖, 갈매기가 있을 법한 방향으로 한껏 긴 담배 연기를 내뿜었다. 내쫓는 것처럼 보일 수도 있겠지만 갈매기의 무사를 바라는 노인의 시그널이었다. 노인은 우연히 갈매기가 바닷속을 향해 돌진하는 장면을 몇 차례 본 적 있었다. 날개를 접고 부리를 모은 채 고속으로 하강하는 것이다. 노인은 갈매기가 아마 해파리 떼를 보았을 거라고 짐작했다. 바다의 물빛이 옅은 날에는 해파리 떼가 유령처럼 보이기도 했다. 그리고 그 주변으로 언뜻 짐승의 형체로 보이는 뼛조각이 해파리 떼 사이사이를 헤엄치듯 흘러갔다. 노인은 이 모든 것들의 유일한 목격자였다. 이제 희미하게 보이던 육지의 불빛이 완전히 사라지고 있었다. 갈매기는 어느 순간 보이지 않았고 노인의 목뒤가 빼근하게 긴장되어 빳빳해졌다.

노인은 금광호를 처분하기 위해 한동안 고철상을 찾아다녔다. 부식된 선체와 불안한 엔진을 수리하는 비용을 부담하느라 노인의 숨이 턱 끝까지 차올랐다. 폐선을 다루는 고철상에는 용광로에 들어가기 위해 두 동강 난 배들이 트레일러에 차곡차곡 실려 있었다.

바로 그날, 배가 내는 소리를 듣지 못했다면 노인은 그나마 제값을 쳐주는 업체에 고철로 넘겼을 것이었다. 서른두 해 동안 그런 소리는 한 번도 들어본 적 없었다. 매년 큰돈을 들여 선체를 칠한다 해도 겉만 닦이지 속이 곪은 건 노인이 더 잘 알고 있었다. 노인은 배가 울면 바다를 떠나라고 말했던 선배들을 떠올렸다. 선배들이 건네준 술잔은 다디달았지만 가볍게 넘기지 못할 농이 늘 뒤따랐다. 어쩌면 업체를 알아보러 다니던 노인이 배가 해체되는 과정을 처음 보았기 때문일 수도 있었다. 폐선이 결정 난 배는 대형 크레인에 매달린 채 물속으로 들어갔다. 잠수 용접공이 산소절단기로 작업을 시작하면 적어도 나흘 안에는 배가 두 동강 났다. 이후 부품이 복잡한 선미 쪽이 육지로 먼저 올려지고, 전문가가 붙어 연결장치를 일일이 해체했다. 그 과정에서 살려낸 부품은 값을 매겨 팔 수 있었고, 고철 대부분은 트레일러에 실려 용광로로 향했다. 선수도 마찬가지였다.

노인은 비슷한 장면을 젊은 날에도 본 적이 있었다. 간척 사업으로 항구의 역할을 잃은 항구에는 버려진 폐선들이 여기저기 물속에 박혀 있었다. 폐선들은 한쪽으로 기울어진 채 물속으로 침몰하고 있었다. 아무렇게나 널브러진 상실의 모습에 마음이 고요하게 가라앉았다. 금광호는 노인의 이름으로 선적에 등록된 첫 배이자 마지막 배였다. 댕강 잘려 영영 녹아 없어지는 것보다 서서히 가라앉는 편이 배의 마지막으로는 나을지도 몰랐다.

이태 전 노인은 갈비뼈가 지끈하게 저려와 병원에서 사진을 찍었다. X-ray를 먼저 찍고 의사의 권유로 CT까지 찍게 되었다. 촬영 전 폐를 선명하게 비출 조영제를 투여하자 온몸이 타오를 듯 달아올랐다. 이후 하얀 기계에 멀뚱히 누워 몸 전체를 여러 장 찍었다. 노인은 의사의 질문에 성실하게 답했지만, 흡연량만은 제대로 말하지 않았다. 의사는 직업적인 측면에서 기름 가스가 주원인일 수 있다며 언제 암이 생겨도 의문을 가질 수 없는 폐라고 했다. 의사가 보여준 검은 사진에는 희끗희끗한 점이 밤하늘의 별처럼 촘촘히 박혀 있었다. 의사는 노인에게 불현듯 폐가 호흡하기를 포기할 수도 있다고 말했다. 당장 일을 그만두고 입원을 하라는 극단의 처방을 내렸다. 보호자가 따라오지 않은 독거노인에게 더욱 냉혹하기로 소문난 의사였다. 노인은 왜 그렇게 했는지, 자신의 폐 사진을 휴대전화로 찍어가도 되느냐고 의사에게 물었다. 의사는 한숨을 내쉬며 노인의 행동을 모른 척해주었다. 노인은 난생처음 금광호 갑판에 앉아 홀로 술을 마셨다. 바로 그때였다. 밑바닥에서부터 울려 퍼진 바다짐승의 처절한 울음소리를 듣고야 말았다. 노인은 두 눈을 질끈 감았다. 노인은 여태 살아남았고, 금광호를 포기할 수 없었다.

다음날 노인은 조선소에 연락해 금광호의 해체 작업을 취소해달라고 말했다. 꺼이꺼이 우는 배는 햇막걸리로 달래주라던 선배들의 농도 노인에게는 소용이 없었다. 환청일 뿐이라고, 자신에게 되묻기도 했다. 하지만 노인은 두 번 다시 그 소리를 듣고 싶지 않았다. 두려웠다. 무엇이 두려운지는 정확히 알지 못했다. 관리를 잘한 폐선은 바지선으로 팔릴 수도 있다는 이야기를 들은 적이 있었다. 고철값보다 못할지라도 금광호를 녹여 없애는 것만은 노인 스스로 결정할 수가 없었다.

수리 조선 업체의 최 사장이 노인에게 일을 의뢰한 건 바로 그 전화에서였다. 최 사장은 금광호를 수리하고도 남을 만한 금액을 약속했다. 결정적으로 노인을 움직인 건 사장이 노인의 이름을 불렀기 때문이었다. 항구의 누구도 노인의 이름을 부르지 않았다. 국밥집에서는 노인을 심 씨라 불렀고, 거래처에서는 심 선생님이라 불렀다. 대부분은 금광호의 심 선장이라고 불렀고, 어쩌다가는 선배님이라고 부르는 치도 있었다. 이 항구에서 가장 믿음직한 사람은 금광호의 심광배 선장님이라는 최 사장의 말에 노인은 뜨겁게 일렁이는 속의 기운을 느꼈다. 노인은 몸이 으스러지는 순간까지 금광호의 선장으로 바다에 남고 싶었다.

노인이 문득 갑판으로 시선을 돌리자 갈매기가 막 날아오르고 있었다. 노인은 휴대전화에 저장해둔 사진을 다시 확인했다. 레이더의 방향은 틀리지 않았고, 파도는 여전히 잠잠했다. 칠흑 같은 바다에는 불빛 하나 새어나오지 않았다. 어느 나라 배인지 어떤 물건인지 아직은 알 수 없었다.

레이더에 초록색 점이 반짝이기 시작했다. 어둠의 저편에서 배 한 척이 노인을 기다린다는 의미였다. 노인은 레이더 화면이 마치 누군가의 폐를 찍어둔 사진 같다는 생각이 들었다. 명멸하는 점은 어쩌면 의사가 말한 그것인지도 몰랐다. 찬 바람과 더운 바람이 섞이지 않고 층을 달리해 노인의 얼굴로 불어왔다. 노인은 조타실의 창문을 닫았다. 물방울이 유리창으로 후드득 떨어졌지만 비구름은 아닌 듯 보였다. 암흑 속에서도 하늘의 구름이 빠르게 흘러가는 걸 볼 수 있었다. 내일 오전이 되어야 북상한다던 태풍이 성큼 다가온 건지도 몰랐다. 바다의 사정은 누구도 예측할 수 없었다. 그건 오직 바다의 마음이라는 걸 뱃사람들은 잘 알고 있었다.

먼바다 저편으로 노란 불빛을 발견한 건 자정을 넘겨서였다. 갈매기는 어디로 날아갔는지 보이지 않았다. 노인은 경적을 울리는 대신 전등을 껌벅이며 신호를 보냈다. 선적

측에서도 야광등을 두 번 껌벅였다. 갑판대 크레인을 이용해 물건을 옮기는 일은 오래 걸리지 않을 것이었다. 문제는 그 물건이 무엇인지에 달려 있었다. 노인은 출항 때부터 어떤 짐작도 하지 않기로 했으므로 지금도 그래야 한다고 수없이 되뇌었다. 하룻밤에 끝낼 단순한 일이었다. 노인은 기름을 주문한 선박을 찾아가서 드럼통을 건넨 후 돌아오면 되는 기름배를 수십 년간 운항했다. 이번에도 크게 달라질 건 없었다. 어느새 파도는 예사롭지 않게 배를 붙잡았다 놓아주기를 반복했다. 금광호의 뱃머리가 불쑥 솟았다가 아래로 꺼졌다. 땀줄기가 솟아난 노인은 연신 팔뚝으로 얼굴을 훔쳐냈다.

거대한 배의 실루엣이 노인의 눈에 들어찼다. 선박의 불빛이 단숨에 가까워졌다. 이천 톤은 되어 보이는 대형 선박이었다. 노인은 선박의 외벽 아래로 들어서며 속도를 줄였다. 어디에도 달은 보이지 않았지만, 선체의 그림자로 금광호는 깊은 어둠에 잠겼다. 노인은 기어를 풀고 경적을 짧게 울렸다. 그러자 선측에서 선원 한 명이 머리를 내밀며 노인과 배를 관찰했다. 선원은 선수와 선미를 한 번씩 가리키더니 이내 밧줄을 두 개 던졌다. 노인은 서둘러 밧줄을 붙잡아 뱃머리와 선미에 단단하게 묶었다. 그런 뒤 노인은 선박의 측면에 적힌 글씨를 확인했다. 최 사장이 보내준 사진과 같았다. 선박의 엔진이 작동했다. 수면 위로 물보라가 일었다. 금광호의 외관을 둘러싼 완충 타이어가 선체의 쇠벽을 짓이기며 기이한 소음을 내질렀다. 이내 크레인이 움직이기 시작했다. 노인은 이 배 역시 수명이 얼마 남지 않았다는 것을 직감적으로 알았다. 어쩌면 금광호보다 연식이 오래되었을지도 몰랐다. 노인은 크레인의 끝에 걸린 그물이 머리 위로 서서히 내려오는 것을 보았다. 그리고 손에 닿을 즈음 입에 물고 있던 호루라기를 힘차게 불었다. 턱, 하는 굉음이 들린 뒤 그물은 조금 더 아래로 내려와 노인의 허리 높이에서 멈췄다. 노인은 서둘러 그물을 풀고 안에 든 물건을 갑판 위에 올렸다. 그물에 실려 내려온 건 고등어를 담는 용도로 쓰이는 박스 네 개였다. 무릎이 지끈하며 긴장이 풀렸다. 이토록 허탈한 기분이 들 줄은 몰랐다. 빈 드럼통을 여러 개나 공수해서 올 필요도 없는 일이었다. 이 정도의 물건이라면 냉동 창고에 보관해도 될 터였다. 어쩌면 물건이 더 내려올 수도 있었다. 노인은 서둘러 그물을 고리에 건 뒤 호루라기를 불었다. 그러자 크레인이 빈 그물을 끌어올렸다. 배 위에서 고개를 내민 선원은 노인을 향해 선수와 선미의 밧줄을 풀라는 신호를 보냈다. 물건은 그물에 담긴 게 전부였다.

그때까지만 해도 노인은 파도가 갑판 위로 튕겨오르고 있다는 사실을 몰랐다. 이천 톤급 선박이 금광호를 두 줄로 고정하고 있었기 때문이었다. 하지만 노인이 선미의 밧줄을 풀자마자 태평양의 검은 바다가 숨을 들이마시듯 금광호를 빨아당겼다. 그 바람에 노인은 휘청거리며 갑판 위에서 중심을 잃었다. 다행히 노인은 금광호의 모든 부위를 제 몸처럼 잘 알고 있었다. 조타실과 뱃머리를 팽팽하게 연결하는 굵은 밧줄은 노인이 작업할 때 의지하는 동아줄이었다. 가까스로 밧줄을 붙잡은 노인은 팔 힘으로 버티며 뱃머리로 걸어 나갔다. 이제 남은 줄 하나만 풀어내면 두 배는 분리되어 각자의 항해를 해나가게 될 것이었다. 태풍의 회오리가 근접했다면 전속력으로 돌아가야만 했다.

노인은 고등어 박스가 조타실 외벽에 놓여 있는 것을 확인하고 선수에 단단히 묶인 밧줄에 손을 뻗었다. 파도가 한 차례 갑판 위로 솟아올라 노인의 얼굴을 적셨다. 노인은 머리카락을 쓸어넘긴 후 마지막 매듭을 풀어나갔다. 그때였다. 밧줄이 팽팽하게 당겨지며 금광호가 밀려나갔다. 노인은 넘어질 뻔했지만 가까스로 줄을 붙잡을 수 있었다. 하지만 온몸이 축 늘어진 듯 힘이 빠졌다. 서둘러 밧줄을 풀고 싶었지만 그럴 수 없었다. 어떤 목소리가 노인의 발끝을 휘감으며 애타게 노래를 불러댔기 때문이었다. 노인은 무언가 잘못되었다는 것을 알아차렸다. 배 두 척이 줄 하나로 이어져 바다 위를 뒤뚱거리는 게 우스꽝스럽기까지 했다. 어쩌면 배가 다시 울음을 터트린 건 아닌가, 노인은 그런 생각마저 들었다. 하지만 이 소리는 금광호가 우는 소리나 대형 선적이 내는 소리가 아니었다. 오직 노인에게만 들리는 바다의 소리였다.

어둠을 찢을 듯한 경적이 울려퍼졌다. 노인의 귀청이 멍하게 잠겼다. 물속에 있는 듯 모든 소리가 귀 끝에서 먹혔다. 높은 갑판에서 상체를 내밀던 선원이 노인을 향해 소리를 내질렀다. 하지만 고함을 지른다는 행위만 있을 뿐 소리는 비어 있었다. 선원은 노인에게 랜턴을 비췄다. 밧줄을 풀지 않으면 모두가 위험해진다는 신호였다. 노인은 신체의 어떤 부위도 감각할 수 없었다. 금광호에 묶인 밧줄은 끝끝내 풀리지 않았다.

결국 밧줄을 놓아버리기로 한 건 그들이었다. 금광호를 이끌고 연안으로 돌아갈 수는 없었다. 태평양 어딘가에서 어떤 배를 만나 무언가를 주고받았다는 흔적을 남겨선 안 되었다. 물건을 넘겼으니 자신들의 임무는 수행한 셈이었다. 밧줄을 매달고 있다가는 이 배마저 위험에 처할 수도 있었다. 선원은 노인에게 아스턴(astern), 아스턴(astern)이라고 외쳤다. 하지만 노인은 응답하지 않았다. 선원 두 명이 계류용 밧줄을 가까스로 풀었다. 팽팽했던 밧줄이 살아 있는 생명체처럼 몸을 뒤흔들며 날아갔다. 금광호는 파도에 휩쓸려 순식간에 어둠 속으로 빨려들어갔다. 그들은 선실에

작업을 마쳤다는 신호를 보냈다. 무시무시한 경적이 또 한 번 울린 뒤 도르래가 감겼다. 쇠사슬로 이어진 육중한 닻이 심해에서 서서히 올라왔다. 엔진 열이 밤바다를 데웠다. 이내 물보라가 한차례 일렁인 뒤 거대한 배는 점차 앞으로 나아갔다.

두 척의 배는 순식간에 멀어졌다. 노인은 배 그림자가 사라지는 광경을 보고 있으면서도 금광호에서 벌어지고 있는 상황을 제대로 파악하지 못했다. 파도가 맥락 없이 뒤엉키며 금광호를 몰아치고 있었다. 속도를 내지 않는다면 배가 뒤집히는 건 시간문제였다. 빈 드럼통은 갑판 위를 이리저리 굴러다녔다. 텅 빈 쇳소리는 굿판 속의 현란한 꽹과리처럼 노인의 귀를 두드려댔다. 하지만 노인은 멀뚱히 검은 바다를 응시한 채 유일한 진리를 되새겨나갈 뿐이었다. 바다는 모든 것을 아래로, 아래로 끌어당긴다. 한편으로는 그게 뭐 어떨까 싶기도 했다. 바다가 건네는 무언의 인사에 화답하는 일도 나쁘지 않을 것 같았다. 금광호와 함께 아래로 끌려간다면 별 대수로울 게 있을까. 자유로이 날던 새들도 바다를 향해 뛰어들지 않던가. 노인은 해파리 떼와 열을 맞춰 유유히 흘러가는 자신의 뼈마디를 상상했다. 그러자 덩실덩실 춤이라도 춰야 할 것 같았다. 밧줄이 춤을 추고, 파도가 춤을 추고, 금광호의 선체가 바다를 무대 삼아 제

몸을 뒤흔들었다. 하지만 이상하게도 마음은 고요하고 차분했다. 바로 그때였다. 조영제를 맞았을 때처럼 온몸이 화끈하게 달아오르더니 속이 메슥거리며 머리가 빙 돌기 시작했다. 한평생 뱃일하는 중 이런 일은 처음이었다. 그 현상이 멀미라는 걸 알게 되었을 때, 노인은 허탈한 웃음을 터트렸다.

멀미가 일다니.

노인은 태어나서 처음으로 멀미를 경험했다. 그 사실이 바다와 투쟁하는 이 순간을 비현실적으로 만들었다. 뇌가 머릿속에서 흔들리며 노인을 호되게 괴롭혔다. 고작 이런 멀미로 인한 최후라니. 누런 이 사이로 희부연 연기를 잔뜩 들이마실 수 있다면 좋을 것 같았다. 담배 한 개비가 절절했다. 노인은 천천히 호흡을 시도했다. 이 순간 노인의 적은 오직 멀미뿐이었다. 어느새 손끝에서부터 감각이 돌아왔다. 얼마 뒤 손에 쥐고 있던 밧줄이 선명하게 느껴졌다. 멀미가 노인을 혼돈의 파도 위로 끌어올렸다. 그제야 노인은 길고 굵은 밧줄을 끌어당겨 뱃머리에 꽁꽁 묶었다. 노인은 몸을 숙이며 갑판을 기다시피 걸어갔다. 조타실의 문을 열고 엔진을 작동한 뒤 방향키를 붙잡았다. 노인은 온몸에 힘을 뺀 채로 파도를 해석하려 했다. 바다가 무엇을 원하는지 알고자 했다. 그러자 신물이 위를 할퀴며 식도로 솟구쳤다. 노인은 조타실의 한쪽에 위산을 토해냈다. 빗물인지 파도인지 모를 물방울이 조타실 유리창을 세차게 두드렸다. 노인은 반쯤 젖은 담배를 입에 물었다. 노인은 전진 레버를 앞으로 밀며 '고 어해'(Go ahead)라고 중얼거렸다. 바로 그 순간, 가라앉고 있던 배가 파도를 가르며 전진하기 시작했다.

노인은 젖은 담배를 귀 옆에 꽂았다. 담배가 마르면 살아남을 것이고, 그게 아니라면 금광호와 함께 바다에 가라앉겠지. 연료는 충분했고, 파도의 결도 익숙해졌다. 옆으로 선 파도는 위험했다. 하지만 정면으로 돌파하면 뱃머리만 찧을 뿐 전복되진 않을 것이었다. 노인은 태풍 속에서 어떻게 나아가야 하는지 분명히 알고 있었다. 그건 금광호의 선장이라는 직함이 만들어낸 본능이었다. 나침반이 가리키는 화살표를 따라 전속력으로 달렸다. 파도 소리보다 엔진 소리가 더 크게 솟구치자 심장이 세차게 뛰는 걸 느꼈다. 그제야 노인은 갑판 위에 두고 온 고등어 상자가 떠올랐다. 그 물건을 육지로 옮기는 것이 노인의 목적이자 이 바다를 헤쳐 나갈 이유였다. 바람이 배를 밀어 가속이 붙었다. 이제 배는 파도에 휩쓸리진 않았다. 부딪힐 무엇도 없었다. 오직 암흑만이 금광호에 찢겨나가며 조금씩 뒤로 물러나고 있었다.

노인은 방향키를 고정한 후 속도를 줄이고 갑판으로 나갔다. 드럼통은 모두 누워 있었다. 문제는 빈 드럼통이 젖은 박스를 짓이겨 종이가 찢어져버린 데 있었다. 노인은 서둘러 고등어 박스를 조타실로 옮겼다.

아직 육지에 도착하려면 두어 시간은 더 달려야 할 터였다. 거센 바람은 릴레이를 하듯 따라붙으며 금광호를 놓치지 않았지만 태풍의 영향권에서 벗어났다는 건 맑은 하늘만 봐도 알 수 있었다. 한 점의 구름도 없었다. 노인은 대자연의 신비 앞에서 몸을 웅크렸다. 이 바다는 끝끝내 자신의 비밀을 알려줄 마음이 없어 보였다. 노인은 이 바다 위에서만은 세월을 잊을 수 있었다.

새들은 바다 위를 비행하다 제 몸을 투신해 또 다른 세계로 들어간다.

노인도 그렇게 죽고 싶었다.

노인이 젖은 고등어 박스에서 물건을 꺼내어 본 건 돌발적인 행동이었다. 노인은 박스 안에 든 봉투 하나를 꺼내 손톱으로 끝을 찢었다. 하얀 가루가 손톱에 묻어 나왔다. 노인은 혀를 내밀어 하얀 가루를 맛보았다. 사카린처럼 단맛이 나다가 이내 소태처럼 쓰고 매웠다. 혀가 얼얼하게 마비되는 기분이었다. 노인은 자신이 운반할 물건이 이와 비슷한 종류라는 걸 알고 있었다. 모른 척하려 했다. 아니, 모른 척해야만 했다. 그러나 이제는 아무 소용없는 기분이었다. 노인의 내면 깊숙한 곳이 말하길 자신의 쓸모가 무엇인지 확인하기 위한 여정으로 이 일을 도맡은 것이었다.

물건의 값은 얼마일까.

운반을 맡은 노인에게 제시한 금액만 보더라도 대형 선박과 고철 업체 사장이 거래한 금액은 상당한 듯 보였다. 노인은 귀를 더듬어 담배를 만졌다. 라이터로 담배에 불을 붙였다. 깊고 긴 숨을 들이마신 노인은 눈을 감고 연기가 폐로 흘러가는 순간을 만끽했다. 병원에서 찍은 CT 사진이 눈앞에 펼쳐졌다. 잠자리 눈처럼 둥근 두 개의 폐에 희뿌연 연기가 춤을 추듯 돌아다녔다. 곧 피어날 여린 꽃망울처럼 살아 숨 쉬는 연기는 검은 동굴을 잠식해나갔다. 노인은 문득 아스라한 기억 하나를 심연에서 건져올렸다. 금광호 앞에 선 젊은 선장이 계선주에 밧줄을 묶으며 뱃머리를 쓰다듬고 있었다. 가족도 친구도 하나 없는 항구의 인생이었다. 이 바다가 무엇이라고 이렇게나 애를 써댔는지. 무엇도 알 수 없었기에 아무런 미련이 없었다. 노인은 천천히 연기를 내뱉었다.

배는 여전히 바다 위를 달리고 있었다. 노인은 조타실에서 담배 도막을 매만지며 먼바다를 응시했다. 저 너머에는 육지가 있고, 노인이 돌아갈 항구가 있었다. 등대의 불빛이 태풍을 경고하며 배들을 불러 모으고, 새들은 몸을 숨긴 채 메아리쳐 울 것이었다. 하루 어쩌면 이틀, 이 바람을 무사히 보내고 나면 항구는 다시 배들이 오가는 활기찬 공간이 될 터였다. 하지만 노인에게 이 밤은 마지막이 되어야 했다. 어떠한 공포도 노인을 막을 수 없었다. 노인은 레버를 뒤로 당기며 속도를 늦춰 나갔다. 모든 게 예정된 일인 것만 같았다.

노인은 갑판으로 내려가 드럼통을 바다로 던져버렸다. 빈 통이라곤 해도 무게가 가볍지 않았다. 드럼통은 둥실둥실 파도에 휩쓸렸다. 노인은 냉동 창고에서 포대를 모두 꺼내어 갑판 위에 삼치 덩어리를 쏟아부었다. 머지않아 갈매기 무리가 몰려올 것이었다. 그들은 태풍의 속성을 잘 알고 있었다. 먹이를 먹을 시간이 충분하다는 것도 알 것이었다. 노인은 조타실에 앉아 담배와 하얀 가루, 그리고 감춰두었던 소주를 꺼내었다. 배가 울면 술을 따라주라던 선배들의 농은 어딘지 모르게 심심한 말이었다. 술만으로는 부족했다. 노인은 소주를 들이켠 후 창문 밖으로 소주를 따라냈다. 그리고 다시 한 모금. 노인은 금광호와 소주를 나눠마셨다. 이번에는 하얀 가루였다. 금광호가 생전 기름만 먹어왔으니 이런 맛에 화들짝 놀랄지도 몰랐다. 문득 금광호를 정면으로 바라보고 싶었다. 어떤 표정을 지을지 궁금했다. 노인은 갑판 위를 걸어다니며 봉투에 든 하얀 가루를 허공에 흩뿌렸다. 바람에 실린 가루는 단숨에 흩어졌다. 이제 담배는 마지막 한 개비만이 남아 있었다.

그러나 아직은 담배를 피울 순간이 아니라고 노인은 자신에게 말을 건넸다. 헛웃음이 일었다. 담배를 귀 끝에 꽂자 제법 모양새도 나는 것 같았다. 담배가 젖으면 젖는 대로, 바싹 마르면 마르는 대로 의미가 있었다. 노인은 뱃머리를 돌렸다.

고, 어해.

처음 보는 바다가 노인의 눈앞에 광활하게 펼쳐져 있었다.

핑크 문

저 여자가 찾고 있는 건 핑크 문일 것이다. 나도 여태 그걸 찾고 있었다. 양보할 마음은 없다. 먼저 거머쥔 사람에게 소유권이 주어지는 게 이 세계의 순리다. 여러 손을 거쳤다 해도 요절한 뮤지션이라면 더욱 귀해진다. 나 같으면 경매라도 내걸었을 텐데. 골동품상은 트럭에서 박스째 내린 중고 앨범 목록을 화이트보드에 옮겨 적고, 팔리면 지울 뿐이다. 앨범의 가격은 동일하다. 어떻게 닉 드레이크와 크리스마스 캐럴 모음집을 같은 값에 팔 수 있는 거지. 굳이 웃돈을 얹어주겠다는 건 아니지만.

화이트보드에는 핑크 문이 아직 지워지지 않았고, 여자도 나와 같은 파트의 수납장을 더듬고 있었다. 바이닐 재킷은 등이 좁아 일일이 뽑아서 확인해야 했다. 새로 들어온 앨범을 따로 보관한다거나 아티스트의 이름순으로 정리해두면 좋을 텐데. 골동품상에게 LP에 관해 물어보면 알아서 찾으라는 듯 화이트보드만 턱으로 가리켜댔다. 그의 관심사는 오직 불상이었다. 운 좋게 명반을 만나는 날도 있었다. 아무런 기대 없이 뽑아낸 앨범에서 킹 크림슨이나 제임스 테일러를 마주했을 때의 희열이란.

이 앨범들은 매주 어디에서 올까요?

여자가 한 발 다가오며 물어왔다.

매주라는 건 어떻게 아는 거죠?

내 옆에서 앨범을 넘기던 여자의 손가락이 멈춰 섰다. 여자는 나를 빤히 쳐다보았다. 한 주에 이틀 정도 골동품상점 백합에 판을 고르러 왔지만, 여자를 본 건 처음이었다.

음악 좋아하나봐요?

여자의 물음에 나는 속으로 웃음을 삼켰다. 내가 음악 칼럼니스트라는 걸 알게 되면 여자가 어떤 표정을 지을지 궁금했다.

그럭저럭요.

나는 집중해서 앨범을 뒤지기 시작했다. 여자도 마찬가지였다. 앨범을 빼내어 재킷을 살피고, 넣고, 다음 앨범을 꺼내어 보고. 이전보다 가속이 붙은 손가락은 문어발처럼 유연하게 움직였다. 여자는 팔꿈치가 내 옆구리에 닿은 것도 모르는 척했다.

이미 팔렸는데, 깜박하고 안 지운 거 아닐까요.

여자가 은밀하게 속삭였다. 골동품상은 여전히 불상을 닦고 있었다. 여자는 점점 밀착해왔다. 나는 지지 않으려 우뚝 버티고 섰다.

애초에 없었던 건 아니겠죠?

내 말에 여자의 눈이 동그래졌다.

핑크 문으로 손님을 낚는다고요? 매일 불상을 끌어안고 있는 저 할아버지가?

적어도 그쪽 같은 고상한 분이라면 걸려들 걸 알았던 거죠.

영리하군요.

별말씀을.

주인 말이에요.

그렇게 말하면서도 여자의 눈과 손은 집요하게 앨범을 찾고 있었다.

LP를 팔아서 불상을 산다면서요?

막 지어낸 말이었는데도 여자는 다정하게 맞장구쳤다.

맞아요. 여태 불상 사러 온 사람을 본 적이 없어요.

이런 불상사가.

여자는 대꾸하지 않았다. 대신 손톱 끝으로 앨범 한 장을 톡톡 치더니 단번에 쭉 빼들었다. 전쟁은 끝났다. 나는 0.1초 만에 앨범의 정체를 알아보았다. 핑크 문이었다. 여자는 앨범을 앞뒤로 살피며 느긋하게 기쁨을 누렸다. 표지에는 커피잔과 나뭇잎, 구두와 꽃봉오리 그리고 커다란 달이 초현실적인 화풍으로 그려져 있었다.

다 듣고 나면 어떤 느낌인지 알려줄게요. 엘리엇 스미스라면 교환할 의향도 있어요.

여자는 불상을 끌어안고 있는 골동품상에게 지폐 한 장을 건네곤 유유히 백합을 빠져나갔다.

그날은 달이 뜨지 않았고, 냉장고에는 반쯤 시든 대파가 덩그러니 놓여 있었다. 한밤중에 칼칼한 국물이 떠오른 건 빗방울 소리 때문이었다. 냄비에 물을 올리고, 라디오를 켰다. 아니나 다를까 즐겨 듣는 주파수에서 건스 앤 로지스의 〈노벰버 레인〉이 흐르고 있었다. 비가 오는 11월에는 어김없이 이 노래가 흘러나왔다. 과감한 곡 전개와 액슬 로즈의 개성 있는 보이스도 흥미롭지만 나를 사로잡는 건 기억의 구석구석을 더듬게 만드는 슬래쉬의 현란한 기타 연주였다. 그 앨범을 다뤘던 칼럼에서는 이런 문장을 쓰기도 했다. '11월의 빗방울이 땅에서부터 솟아오르는 기억의 리와인드.' 과한 표현일까 싶기도 했지만 모른 척하고 원고를 보냈다. 누구도 내 문장에 토를 달지 않았다. 오랜 연재 끝에 다다른 결론은 아무도 내 칼럼을 읽지 않는다는 것이었다. 담당 기자마저도. 그러나 분명한 한 가지는 내일 아침까지 새 칼럼을 보내지 않으면 담당 기자가 나를 해고할 거라는 사실이었다.

노래가 끝나자마자 언제 그랬냐는 듯 입맛이 싹 가셨다. 텍스트 커서는 두 시간째 같은 자리에서 깜박이는 중이었다. 새하얀 모니터 화면에는 어깨가 잔뜩 경직된 한 남자의 얼굴이 흐릿하게 비치고 있었다. 남자는 모 대학의 문예창작학과를 나왔고, 한때는 소설가를 꿈꿨으며, 지금은 음악 칼럼니스트로 살아가고 있었다. 남자는 직업을 기재해야 하는 순간이 오면 소설가를 선택하고 싶었다. 하지만 그런 선택지는 찾기 힘들었다. 하는 수 없이 기타를 선택했고, 주관식 칸이 나오면 소설가라고 썼다가 지우길 반복했다. 그럴 때마다 묘한 패배감에 사로잡히곤 했다. 그래서 나는 세상에 없는 직업을 개척하기로 했다. 그게 주 수입원이 될 거라고는 상상하지도 못했지만.

나는 한 달에 한 번 피자 상자 속에 LP를 넣어 편지와 함께 보냈다. 구독자들은 내가 지폐 한 장을 주고 산 앨범을 다섯 배나 더 들여 구독했다. 물론 누구도 그 사실을 알지 못했다. 피자 상자 속에 담겨 있는 앨범은 아버지가 남긴 유품이어야 했다. 외항선 선원인 아버지는 라스팔마스 해변 시장에서, 스페인 비고 항구의 오픈마켓에서, 알프스 산간 마을의 오래된 레코드 가게에서 앨범을 구해 한국에 있는 아들에게 보내왔다. 나는 아버지가 어렵사리 구한 앨범을 널리 알리고픈 마음에 구독자를 모집했으며, 이 귀한 앨범이 당신의 고단한 하루에 휴식 같은 시간을 마련하기를, 머나먼 나라의 뭉근한 햇살을 담아 편지와 함께 보냈다. 구독자들은 여태껏 나의 생계를 책임져왔다.

답장이 온 적도 많았다. 한 구독자는 심각한 우울증으로 인생을 포기하려던 차에 우연히 LP를 구독하게 되었고, 그 앨범으로 하루하루 버티다 보니 조금씩 일상을 되찾고 있다는 편지를 보내기도 했다. 그게 바로 음악의 힘이라고, 아니 삶에 대한 끈기와 간절함이 당신을 구원에 이르게 한 것이라고 답하고 싶었다. 칼럼을 연재할 때는 받아보지 못했던 인사였다. 나는 그가 보내온 구독료를 들고 새로운 음악을 찾아 헤맸다. 나는 탐험가와 다를 바 없었다. 아버지가 사랑을 담아 보냈을 법한 LP를 불상들 사이에서 찾아 헤매는 것이다.

사적인 질문에는 답변하지 않는 게 원칙이었고, 오직 앨범에 대한 정보와 아버지가 그걸 발견하게 된 경위 정도만 편지에 담았다. 그러던 어느 가을날, 우울증에 시달린다던 그 구독자로부터 메일이 도착했다. 오랜만에 전해온 소식이었다. 나는 그 메일을 통해서 그가 올봄, 벚꽃이 피기 전에 죽었다는 사실을 알게 되었다. 메일에서 그는 이제껏 내가 보내온 음악이 참 다정했노라고 쓰고 있었다. 덤덤한 문장이었다. 그는 왜 내게 이런 메일을 보냈을까. 자신의 죽음을 두 계절이 지난 후에야 알리는 마음을 헤아릴 길이 없었다.

조금 더 살아보면 어떻겠냐고, 조금 더 해보면 어떻겠냐고 말해줬다면 죽지 않고 버텨냈을까. 자동이체를 걸어둔 모양인지 구독료는 매달 같은 날짜에 입금되고 있었다. 그간 그에게 보낸 앨범 목록을 살펴보았다. 비지스, 척 맨지오니, 스탠리 조던, 존 덴버, 미스터 빅, 휘트니 휴스턴, 래리 칼튼, 빌리 조엘……. 될 수 있는 대로 경쾌하고 리드미컬한 앨범을 선택해서 보낸 흔적이었다. 어떤 앨범이 트리거가 된 건 아닐까. 그러나 보낸 앨범만으론 해답을 찾을 수는 없었다. 더는 그에게 피자 상자를 보내면 안 될 것 같았다. 그가 죽었다는 걸 알면서도 앨범을 보낸다는 건 짓궂은 장난 같았다. 그렇게 몇 달이 지난 어느 날이었다. 나는 백합에서 화이트보드를 살피는 중에 그에게 한 장의 앨범을 더 보내야 한다는 걸 깨달았다. 핑크 문이 남아 있었다. 핑크 문과 함께 나의 이야기를 쓰는 것이다. 나만이 할 수 있는 진솔한 이야기를.

그러나 지금은 칼럼을 써야 할 시간이다. 마감은 이틀이나 지나버렸다. 더는 기다려주지 않을 게 분명했다. 내일까지 원고가 오지 않는다면 당장에라도 다른 칼럼을 실어버리겠지. 인테리어나 낚시, 어쩌면 명상에 관한 칼럼이 자리를 꿰찰 것이다. 인터넷 신문사의 칼럼니스트가 새로 영입되고 사라지는 일에 관심을 두는 사람은 없다. 하루아침에 연재가 끝난다고 해도 아무도 알아주지 않을 것이다.

매주 한 장의 앨범을 듣고, 한 편의 글을 썼다. 한 주도

빠짐없이 신문사에 원고를 보냈다. 누군가는 내 글을 기다려준다고 생각했다. 그 생각이 얼마나 헛된 건지 알면서도 그런 희망을 품지 않으면 한 문장도 써지지 않았다. 독자를 위해 쓴다는 사명감이 나를 성실한 칼럼니스트로 만들었다. 누군가는 내 글로 원석 같은 뮤지션과 만나고 대화를 나누고 사랑에 빠지는 상상을 했다. 자그마치 팔 년, 그간 다룬 앨범만 해도 삼백여 장이었다. 그러나 한 번의 피드백도 받지 못했다. 단 한 명에게서도.

흰 바탕 위에는 텍스트 커서가 깜박이고 있었다. 문득 그 작고 검은 커서의 규칙적인 명멸이 누군가 은밀하게 보내오는 신호처럼 느껴졌다. 그러자 오래전에 꿈꿔왔던 소설가에 대한 열망이 끓어오르기 시작했다. 음악 칼럼을 포기하면 진짜 소설가가 될 수도 있지 않을까. 이대로 가다가는 소설가와는 영영 멀어진 삶을 살아가게 될 게 뻔했다. 당장 내가 할 일은 마감으로부터의 탈출이고, 어쩌면 그건 새로운 도전에 가까운 의미이지 않을까.

메일 창을 열었다.

수고하셨습니다…… 고생하셨습니다…… 감사했습니다…… 또 뵙겠습니다…….

어디선가 물방울 소리가 들려왔다. 집 안으로 빗물이 새는 소리였다. 정확히 어디로 새는지는 알 수 없었다. 화장실이나 보일러실로 떨어지는지도 몰랐다. 알고 싶지 않았다.

물방울 소리에 깃든 일정한 리듬을 익히는 게 최선이었다.

똑 똑 똑 똑 똑 똑똑 똑. 똑 똑 똑 똑 똑 똑똑 똑.

한겨울이었다면 비가 아니라 눈이 내렸을 텐데. 눈이 쌓이는 소리는 뭐였지. 강박증처럼 소리가 사고를 이끌었다. 음악 칼럼니스트는 음악을 설명하고 써내는 사람이 아니라, 소리를 오독하고 오역하는 부류가 아니었던가. 물방울 떨어지는 소리를 '똑똑'이라는 똥똥한 글자에 가두는 게 최선이라는 변명으로 삼백여 장의 앨범 칼럼을 써왔다. 자위 어린 몽상에 딴지를 걸어주는 사람이 있었다면 나는 일찌감치 이 길을 포기했을지도 몰랐다.

문득 그가 보고 싶었다. 나에게 죽음을 고백한 나의 구독자가.

똑 똑 똑 똑 똑 똑똑 똑.

똑 똑 똑 똑 똑 똑똑 똑.

재난 영화의 오프닝에서나 나올 법한 소리였다. 물 새는 소리는 점점 빨라지고 다급해졌다. 나는 키보드에 두 손을 올렸다. 손등 위의 심줄이 불규칙적으로 뛰고 있었다. 손가락 관절은 출발을 앞두고 흥분한 경주마처럼 달싹거렸다.

골동품상이 화이트보드에 새로 들어온 앨범을 써내려가고 있을 때 그 여자가 들어왔다. 내가 묻지도 않았는데 여자는 한동안 아팠다고 했다. 그 말을 내게 한 게 맞는지 의아해서 골동품상을 쳐다보았지만, 어느새 리스트업을 마친 그는 불상을 쓰다듬을 채비를 하고 있었다. 여자는 거추장스러운 목도리를 둘렀고, 나일론 재질의 가방을 어깨에 걸치고 있었다. 가방에는 고개를 꼿꼿이 세운 파 한 단이 꽂혀 있었다. 손에는 넓적한 쇼핑백. 쇼핑백에 든 게 핑크 문이라는 건 힐끗 봐도 알아차릴 수 있었다.

전 엘리엇 스미스가 없는데. 괜찮다면 다른 앨범과 바꾸면 안 될까요.

엘리엇 스미스는 석 달 전 땅끝마을에 사는 구독자에게 보낸 앨범이었다. 나는 여자가 큰 금액을 요구할 수도 있다는 생각이 들었다. 하지만 핑크 문이라면 무리해서라도 손에 넣고 싶었다. 스스로 세상을 떠난 구독자에게 보내는 마지막 앨범이 아닌가. 여자는 손가락을 세 개 펼쳤다. 그 정도는 짐작하고 있었다. 블루 문이나 레드 문도 아니고 이건.

핑크 문을 기다렸군요.

여자의 대범한 말투에 나는 흠칫 놀랐다.

알아챘어요?

나를 보는 눈빛이 달라졌잖아요.

나는 좀 더 적극적이어도 된다는 확신이 들었다.

어디가 아팠던 거죠?

여자가 대뜸 노래를 부르기 시작했다.

핑 핑 핑 핑 핑 핑크 문.

〈핑크 문〉의 후렴구였다. 여자는 내게 쇼핑백을 넘겨주더니 상점을 빠져나갔다. 어떤 값을 치러야 할지 감이 오지 않았지만 기분 같아선 얼마라도 치를 수 있을 것 같았다. 나는 여자를 따라나섰다.

여자는 백합에서 우측으로 꺾으면 나오는 골목 시장을 지나 일방통행로의 한가운데에 있는 적갈색 건물 안으로 들어갔다. 계단을 올라가자 갓 볶은 커피 향이 콧속으로 밀려들었다. 편두통 때문에 커피를 끊은 지도 반년이나 되었지만, 이렇게 향이 그윽하다면 한 잔 정도는 괜찮을 것 같았다.

커피. 끊었죠?

여자가 뒤돌아서서 물었다.

편두통 때문에요.

이건 내가 한 말이 아니었다. 나에 대해 좀 안다는 듯한 여자의 말에 나는 순식간에 압도당했다.

여자를 따라서 이층 상가의 문을 열고 들어갔다. 실내는 포근하고 따뜻했다. 여자는 파가 든 백을 선반 위에 올려놓고 손을 씻었다. 카페에는 아무도 없었다.

뭐 하세요? 앉으세요.

나는 창가 자리를 골라 앉았다. 고풍스러운 의자가 허리를 끌어안았다. 내가 이리저리 둘러보고 있는 동안 여자가 빈티지 잔에 커피를 내려 왔다. 잔의 입술과 굽바닥에는 금테가 둥글게 박혀 있었고, 외면에는 갈색 나뭇잎이 바람에 흩날리듯 새겨져 있었다. 향이 서서히 피어오르자 양쪽 턱 끝이 저릿해지더니 침이 고였다.

여자는 한때 커피를 입에 달고 살았지만 이젠 마시지 않는다고 했다.

커피를 마시면 우울해지는 질병에 걸렸다는 걸 얼마 전에야 알았어요.

대신 탁자 위에 놓인 검은 사각형 통에서 각설탕 하나를 꺼내어 입에 물었다.

우리가 만난 적이 있었던가요?

사진보다 실물이 나은데요?

여자는 가볍게 웃었다. 나는 놀란 표정을 짓지 않으려고 애썼다. 칼럼에는 지하철 무인 기기에서 찍은 증명사진이 함께 삽입되어 있었다. 그걸 본 게 분명했다. 여자는 등을 슬며시 기대어 내 앞에 놓인 커피잔을 바라보았다. 나는 커피를 한 모금 마셨다. 씁쓸한 카카오 향과 은은한 산미가 동시에 느껴졌다.

부드럽군요.

원두가 좋아서 그래요. 맛없게 내릴 수 없는 커피죠.

어디 지역인가요? 에티오피아?

아프리카는 맞지만 들어본 적은 없을 거예요. 사실 이 마을은 커피보다는 돌이 더 유명하죠.

여자는 카페 한쪽에 전시해둔 돌 조각을 가리켰다.

엠비구어스 스톤이라는 거예요. 모호한 돌이라는 뜻이죠.

모호하네요, 이 상황 자체가.

나는 커피를 받침 위에 올려두었다. 그제야 달큼한 맛이 입안을 맴돌았다. 위스키라고 해도 좋을 만큼 풍부한 잔향이 남았다.

아까 손가락을 세 개 폈잖아요. 앨범 세 장을 뜻하는 게 아니었나요?

여자는 각설탕을 하나 더 집어들더니 내 잔에 떨어뜨렸다.

이렇게도 한번 드셔보세요. 흡수가 더 잘 될 테니까.

나는 설탕이 녹아나고 있는 찻잔을 내려다보았다.

세 시간만 빌려달라는 거였어요. 세 시간만 함께 있어주세요. 그럼 핑크 문을 조건 없이 드릴게요.

나는 몇 시간이고 함께 있어도 될 정도로 시간이 많았다.

그런 거라면, 꽤 쉽잖아요.

쉽다고 생각하면 뭐든 쉽죠. 세상일이라는 게 다 그렇잖아요.

여자는 마지못해 꺼낸다는 듯 마른 입술을 아슬아슬하게 떼어냈다.

실은 고민이 있어서요. 작가님이 도와줄 수 있을 거라고 생각했고요.

독자를 만나는 경험을 오래전부터 꿈꿔오긴 했는데요, 저는 고민 상담을 할 수준은 못 됩니다. 그리고 그 칼럼 자리는 다른 사람으로 바뀔 겁니다. 저는 음악 칼럼니스트라는 직업에서 탈출할 작정입니다.

여자는 배시시 웃더니 자리에서 일어나 돌 조각을 가지고 돌아왔다. 가까이서 보니 조각은 정교하게 다듬어져 있었다. 하지만 무엇을 만들고자 한 건지 알아차리기가 힘들었다.

이래서 모호한 돌이라 부르는군요.

이 돌은 누가 소유하느냐에 따라서 형체가 달라져요. 주인이 정해진 뒤에는 모호해지지 않고 한 가지 사물로 고정되는 거죠. 다른 사람이 그걸 뭐라고 부르건 말이에요.

코끼리를 삼킨 보아뱀 같은 건가요?

초콜릿 퐁듀 속에 녹아든 초콜릿 같은 거죠.

좋습니다. 한번 말씀해보세요. 세 시간이라 하셨으니, 아직 시간은 충분하잖아요. 더군다나 저는 핑크 문을 가지고 싶기도 하니까요.

여자는 각설탕을 하나 더 집어서 입에 넣곤 가볍게 굴리다 깨물었다. 여자의 입에서 연한 단내가 풍겨오는 듯했다.

죽이고 싶은 사람이 있어요.

여자의 눈이 기름해졌다. 장난처럼 뱉은 말이 아닌 듯했다. 순간적으로 나는 재치 있는 사람처럼 보이고 싶었다.

그게 저는 아니겠죠?

여자는 무뚝뚝한 얼굴로 말을 이었다.

LP 구독 서비스라는 게 있더라고요. LP가 매달 한 장씩 피자 상자에 담겨 왔어요. 나만을 위한 DJ라고 할까요. 온라인 설문지를 작성하게 한 다음, 저와 어울리는 앨범을 보내줘요. 제 심리를 유추해서 음악을 추천해주는 거죠. 저는 다음달이 될 때까지 보내준 앨범만 들었어요. 그렇게 하라는 것도 아니었는데, 다른 음악은 귀에 들어오지 않았어요.

여자의 입가에 걸린 미소가 초승달처럼 기울었다.

어느 날이었어요. 제가 받은 앨범을 다루고 있는 칼럼을 읽게 되었어요. 아마도 존 덴버가 살아 있는지 죽었는지 알고 싶어서 검색해보던 날이었을 거예요. 그 칼럼은 마치 마음속을 샅샅이 읽은 듯했어요. 내가 쓰고 싶은 언어와 내가 말하고자 하는 바가 고스란히 담겨 있었어요. 그래요, 그 순간 저는 LP를 보낸 사람이 이 글을 쓴 칼럼니스트와 동일인이라는 걸 알아차렸어요. 마치 어떤 계시처럼요.

여자가 그 말을 할 때까지도 나는 이 상황을 순전히 억지 같은 우연 정도로 여기고 있었다.

그런데 왜죠. 왜 갑자기 그걸 그만둔다는 거죠.

어디까지나 저의 개인적인 일입니다.

나는 앞으로 소설을 쓰면서 살아가기로 결심한 걸 말하지는 않을 작정이었다.

작가님. 단단히 착각하고 있군요. 애초에 그랬어요. 작가님이 내게 LP 구독에 관한 메일을 보냈을 때부터 그랬던 거예요. 그게 나를 지목해서 보낸 게 아니라 익명의 다수에게 보냈다고 해도 내가 그걸 수락한 이후에는 결코 개인적인 일이 될 수 없다고요. 제 말 이해하겠어요?

어느샌가 코가 막힌 듯 아무런 냄새를 맡을 수가 없었다. 여자가 세 번째 각설탕을 입에 넣었을 때였다. 눈앞이 부예지더니 정신이 흐릿해졌다. 나는 커피잔에 머리를 처박았다.

비가 예보된 11월의 어느 오후, 당신이 닉 블레이크의 〈핑크 문〉을 듣겠다고 고집을 피운다면 나는 멱살을 붙잡고서라도 말릴 것이다. 〈노벰버 레인〉이나, 〈미스 미저리〉를 들어라. 차라리 밥 웰치의 〈프렌치 키스〉도 괜찮다. 그게 아니라면 너바나의 단순하지만, 중독적인 사운드로 몽롱함을 유지하는 건 어떤가. 〈핑크 문〉만 아니면 된다. 〈핑크 문〉만 아니라면.

나는 의자에 몸이 묶인 채로 깨어났다. 식은땀이 흘러 속옷까지 축축했다. 눈앞에는 수수한 원피스 차림의 여자가 서 있었다. 여자는 얼굴에 시커멓고 투박한, 괴이하다 해도 좋은 가면을(자세히 보니 그건 방독면이었다) 쓰고 있었다. 무슨 말을 하려고 했는데, 귀가 윙윙거려서 잘 들리지 않았다. 점점 정신이 들기 시작하더니, 여자의 말이 또렷하게 들려왔다.

이제 한 시간도 남지 않았어요. 얼마 후면 손님들이 들이닥칠 거고, 그 전에 충분한 환기를 시켜야 하니까요. 그렇다고 해서 단순하게 끝날 문제가 아니라는 건 짐작하겠죠?

커피잔이 있던 자리에는 휴대용 턴테이블이 놓여 있었다. 턴테이블에는 LP 한 장이 올려져 있었다.

우린 이걸 같이 들을 거예요. 그동안 작가님이 저에게 LP를 선물했으니, 이제 제가 선물할 차례잖아요. 작가님이 이 앨범을 얼마나 손에 넣고 싶어 할지 저는 알고 있었어요. 모든 칼럼을 몇 번이나 읽었거든요. 작가님은 핑크 문을 자그마치 열세 번이나 언급해요. 그때마다 핑크 문에 대한 사랑과 증오를 토로하고 있었죠. 그 앨범을 어렵게 구해와서 골동품상점에 꽂아둔 건 저예요. 어차피 핑크 문이 뭔지, 닉 드레이크가 누군지 관심도 없는 할아버지잖아요.

재갈이 물려 있어서 침이 입가로 흘러내렸다. 발음이 새어 말을 할 수가 없었다. 고함을 질러보았지만, 카페의 두꺼운 벽이 묵묵하게 소리를 빨아들일 뿐이었다.

할아버지가 왜 불상만 쓰다듬고 있는지 궁금하지 않나요? 그건 자신이 죽인 사람들에게 바치는 제의와도 같아요. 할아버지는 이름난 킬러였거든요. 나는 그 사람의 손녀고요.

방독면에 가려져 있지만, 여자의 음흉한 미소를 상상하기란 어렵지 않았다. 그렇다면 나의 구독자들이 보내온 무구한 구독료가 킬러의 속죄를 돕는 데 쓰였다는 건가.

우린 지금부터 핑크 문을 들을 거예요.

여자는 이 상황을 즐기고 있었다.

작가님을 위해서 LP의 표면을 특별한 재질로 코팅했어요. 카트리지가 판을 긁으면 표면에서 포름알데히드가 피어오를 거예요. 닉 블레이크도 독극물도 모두 받아들이세요. 음악을 다 들을 정도의 시간은 남아 있으니까요. 얼마나 매혹적인 음악이에요. 이제 그 칼럼은 작가님의 이름으로 제가 쓰게 될 거예요. 우리는 칼럼 안에서 완벽하게 하나가 될 수 있을 거예요. 작가님 언어가 나의 생각이고, 나의 상상력이 작가님의 문장이에요. 작가님의 메일 주소로 신문사에 칼럼을 보낼게요. 어차피 딴지를 걸거나 피드백을 보내오는 사람들이 아니잖아요. 담당 기자는 제때 마감을 지켰는지, 분량을 채웠는지 정도만 확인할 거라고요.

여자가 주저 없이 재생 버튼을 눌렀다. 톤암이 천천히 들렸다. 톤암의 끝에는 날카로운 바늘이, 마땅히 있어야 할 그 자리에 제대로 꽂혀 있었다. 작고 가느다란 바늘일 뿐인데 눈동자와 가까워지자 점점 거대하게 보였다. 톤암은 이제 몸을 낮추며 판을 긁어나갈 준비를 했다. 검은 판은 일정한 속도로 턴테이블 위를 회전했고, 마침내 바늘은 검은 판 위로 착지를 시도했다. 찌직 지지직. 이쪽과 저쪽을 잇는 신호처럼 두 세계가 하나로 연결되고 있었다. 통기타의 부드러운 스트로크 연주가 흘러나오기 시작했다. 이내 닉 드레이크가 음울한 목소리로 가사를 읊어나갔다.

LP를 듣게 된 건 한 손님의 권유 때문이었어요. 우울증을 오래 앓았는데, 그게 질병이라는 걸 알지 못했죠. 안다고 해도 받아들이지 못했을 거예요. 오래전부터, 기억하기로는 유치원 시절부터 이런 기분을 느껴왔으니까요. 누구나 자신이 약간은 우울하다고 받아들이잖아요. 그런 제게 이런 문장이 도착했어요. '세상은 두 개의 면으로 나뉜다. A면과 B면. 한 면에 모든 걸 담도록 설계된 콤팩트디스크(CD)가 세상을 망쳐놓았다. 마치 달이 한쪽 면만을 사용하는 접시라도 된다는 듯.' 그 순간 나는 알아차렸어요. 이 사람은 달의 뒷면에서 신호를 보내고 있었구나. 나를 위해 가까스로 버티고 있었던 거구나. 당신의 목소리가 내 안에서 들려왔어요. 나는 처음으로 내 마음을 이해받고 있다는 느낌을 받았어요. 당신이 나의 구원자예요.

그였다. 자신의 죽음을 예약 메일로 통보해온 나의 구독자. 입가에 새어나온 침이 턱 아래로 흘러내렸다. 나는 이런 말을 하고 싶었다. 당신의 우울을 얼마나 안타까워했으며, 당신의 소식을 얼마나 침통하게 여겼는지를. 당신의 죽음으로 인해 나의 세계가 어떻게 뒤틀려버렸는지를.

나는 세상에 없는 사람이에요. 모든 증거를 없애버렸으니까요. 이젠 작가님의 이름으로 살아갈 거예요. 작가님과 저는 하나가 되는 거예요. 핑크 문의 뒷면처럼 완벽히 새로운 세계에서.

바이닐의 소릿골에서는 흐릿하게 연기가 피어오르고 있었다. 나는 마지막 힘을 짜내어 소리를 내질렀다. 여자가 나를 이해하고 있다면 신호를 알아차릴 것이었다.

으 아 으 아 으 아으 아.

여자는 멈칫했다. 나를 내려다보는 시선에선 지금까지와는 다른 기운이 느껴졌다. 방독면 아래로 보이는 목덜미가 가쁘게 부풀었다가 가라앉았다. 여자는 눈물을 흘리기 시작했다. 그게 포름알데히드의 지독한 연기가 아니라면 방독면의 안경알 두 개가 희뿌옇게 흐려지는 까닭은 분명 눈물에 의한 습기였다. 이 여자는 나를 이해하고 있는 것인가. 나 대신 내가 되고 싶은 것인가. 진정 나는 이 여자의 구원자였던 것인가.

여자의 목소리가 먹먹하게 들려왔다. 멀고 먼 달나라로부터 가까스로 도착한 신호처럼.

핑 핑 핑 핑 핑 핑크 문.

여자는 노래를 부르고 있었다.

으 아 으 아 으 아으 아.

나는 간절한 신음을 내질렀다.

핑 으 핑 아 핑 아크 문

우리는 비로소 하나가 되었다.

눈을 뜨자 책상 앞이었다. 책상에 엎드려 잠든 모양이었다. 어느새 비는 그쳤고, 물이 새는 소리도 들리지 않았다. 잠들기 전 나는 모든 감각을 열어젖힌 채 그간 담아두었던 말을 남김없이 방류했다. 그리고 메일을 보냈다. 보내긴 했으나, 가지 않았다. 보내기를 누르자마자 그대로 눈을 감아버린 것이다. 메일 창은 새 창으로 전환되어 있었다. 메일 내용을 확인할 수 있도록 발송 전 미리보기 된 것이었다. 그러나 어쩌면 나는 보내기가 미리보기로 유예될 것을 알고 있었다. 어쩌면 이라니. 애초에 그 메일이 발송되지 않길 바라고 있었던 게 아닌가.

만약 메일을 보냈다면 이제는 무얼 해야 할까. 세상에 무른 건 아무것도 없었다. 내 글은 누군가의 키워드에 의해 간간이 검색되기도 하겠지만 그마저도 폭포 같은 검색어에 밀려 죽은 데이터들의 지층이 될 것이었다.

핑 핑 핑 핑 핑 핑크 문.

입가에 맴도는 멜로디가 있었다. 눈을 감자 어둠 속에서 거대한 핑크 문이 떠올랐다. 여자와 내가 살고 있는 그 핑크 문이.

여자가 팔꿈치로 옆구리를 툭툭 쳤다. 이 달은 내 달, 저 달은 네 달. 사람이 죽어 별로 간다는 그 말은 얼마간 진실이었고, 우리가 끝끝내 도착할 그곳은 핑크 문일 것이었다. 핑크 문은 누구도 아닌 우리를 위해서만 뜨는 달. 조금도 모호하지 않은 명백한 달.

나는 메일을 새로 써나갔다.

마침내 명료한 메시지만을 남긴 뒤였다. 나는 마우스 커서를 아래로, 아래로 끌어내려 보내기를 눌렀다. 역시나 화면 창은 미리보기로 전환되었다.

K 기자님, 이번 연재분에서는 고민이 길어졌습니다. 송구합니다. 맛있게 드실 점심이 소화되기 전까지 원고를 보내놓겠습니다. 이번에 다룰 앨범은 닉 드레이크의 명반 〈핑크 문〉입니다.

이제 마우스 커서는 진짜 보내기 버튼 위에 놓여 있었다.

클릭 한 번이면 끝날 일이었다.

아주 잠시 동안

얼마간의 침묵 위로 피아노 선율이 내려앉았다. 주방장이 제철 초밥 여섯 점과 따뜻한 우롱차를 내어왔다. 장인은 투명한 생선부터 느긋하게 먹기 시작했다. 실내는 적절하게 환했고, 클래식 소품곡이 잔잔히 들려왔다.

"세입자들은 어떻게 할 셈인가."

장인은 늘 마지막 한 점을 앞두고선 용건을 꺼냈다. 기훈은 그 집에 관한 이야기가 나올 거라고 짐작하고 있었다. 오래된 주택을 기훈의 명의로 내어주기로 한 뒤부터 장인과의 자리가 여간 신경 쓰이는 게 아니었다. 장인은 그 집이 터가 좋다며 사업도 번창할 거라고 격려했다. 아이를 낳으면 돈이 두 배로 들 거네, 하는 말이 장인의 본심이라는 걸 기훈은 알고 있었다.

"잘 타일러보겠습니다."

장인은 우롱차로 입을 헹구며 세입자에 관한 구체적인 정보를 늘어놓았다. 사적인 교류는 없다고 하면서도 꽤나 세세한 내용들이었다. 끝방 세입자를 가리켜선 미스터 윤이라는 악사라고만 설명했다.

"그 집에 나보다 더 오래 산 사람들이지."

장인과 기훈은 젓가락을 놓고 서로 다른 곳을 보며 가만히 기다렸다. 그들의 고요함에 직원이 포장된 초밥 도시락을 들고 나타났다. 장인은 항상 딸의 몫을 따로 주문해두었고, 기훈은 익숙하게 받아들었다.

양지바른 터에 진회색 벽돌로 쌓아올린 반듯한 이층 양옥이 기훈의 눈에 들어왔다. 담장보다 높은 정원수와 양팔 너비의 고동색 대문이 집을 한층 고풍스럽게 했다. 현주는 초등학교 때까지 이 집에서 살았다고 했다. 기훈이 언젠가 봤던 사진 속 그대로였다. 대문 왼편 초인종 중 하나가 그의 것이었다. 빛바랜 초인종 하단에는 견출지가 반듯하게 붙어 있었다. 희미하게, 김태윤이라는 이름이 정자로 적혀 있었다. 기훈은 초인종을 지그시 눌러보았다. 대문 너머로 벨소리가 들려왔다. 고루 쏟아지던 가을빛이 구름에 사라졌다가 다시 나타났다. 기훈은 대문을 등지고 담배를 꺼냈다.

일층에 두 가구가, 이층에 한 가구가 살고 있다고 했다. 끝방을 제외한 세입자들과는 이미 통화를 마친 뒤였다. 그들은 대체로 기훈에게 호의적이었지만 집에 관련해서는 예민해졌다. 그렇다고 해서 그들에게 많은 선택지가 있는 건 아니었다. 기훈은 일정 기간 이후 공사를 진행하겠다고 설명했다. 장인이 그 집을 소유한 건 삼십 년이 더 지난 일로, 그간 세 번의 보수공사를 진행했고, 그중 한번은 비교적 최근이었다. 일대가 재개발 지역으로 지정된다는 소문이 나돌며 집을 보러 다니는 사람들이 생겨났다. 장인이 서두른 탓도 거기에 있었다.

세 번째 벨소리에도 응답이 없었다. 기훈은 명함 한쪽에 '집주인. 연락주세요'라고 적고 우편함에 넣어두었다.

모르는 번호로 전화가 걸려왔다. 끝방 세입자라고 했다. 기훈은 김태윤 씨를 곧장 떠올리지 못했다. 그는 집주인이 바뀐 줄 몰랐다며 깍듯하게 인사했다. 목소리가 갈라졌지만 애써 쾌활한 척하는 기색이었다. 지방에 출장을 다녀왔는데, 명함을 뒤늦게 보았다고 했다. 그 집에 찾아간 게 벌써 일주일 전이었다. 기훈은 자신이 집주인의 사위이며, 업무를 위임받아 대리하고 있다고 짧게 말했다. 그러자 그가 대뜸 기훈이 있는 곳으로 가도 되겠냐고 물었다. 기훈은 입시 시즌을 대비해 신입 강사들의 이력서를 검토하고 있었다. 곧 학생들이 올 시간이었고, 전체 회의를 하는 날에는 더 정신이 없었다. 기훈이 근처 카페 주소를 문자로 보내겠다고 하자 그는 명함에 적힌 학원으로 가겠다고 말한 뒤에 전화를 끊었다. 기훈은 신경을 곤두세워 파트별 강사들과 회의를 진행했다. 실내악 전공자들이 늘어나고 있다는 의견과 통학 차량의 동선을 넓히자는 의견에 기훈은 밑줄을 쳐두었다. 회의를 마친 후에는 신입 강사들의 이력서를 검토했고, 해 질 무렵 출근한 현주와 함께 저녁을 먹었다. 기훈은 유일하게 담당하고 있는 화성학 이론 수업을 마치고 나서 의자에 기대어 잠시 눈을 붙였다. 그가 나타나지 않았다는 걸 알아차린 건 퇴근길에서였다. 이틀이 더 지나서야 그가 다시 연락해왔다. 기훈은 학원에서 강사들의 스케쥴표를 정리하고 있었다. 그는 그간 급한 사정이 있었다며, 지금 만날 수 있겠냐고 물어왔다. 기훈은 순간적으로 현기증이 일었다. 차라리 빨리 만나버리는 게 나을 것 같았다.

엘리베이터에서 내리는 김태윤 씨를 알아보는 건 어렵지 않았다. 그는 색이 바랜 청바지에 흰 셔츠를 입었고 짙은 감색 재킷을 걸치고 있었다. 왼손에는 기타 가방을 들고 있었다. 기훈을 보자 알겠다는 듯이 고개를 약간 숙여 인사했다. 그는 오십대 중반쯤으로 보였고, 피부색이 검고 머리카락이 희끗희끗했다. 기훈은 그를 상담실로 안내했다. 뒤따라오던 그가 개인 레슨실 앞에서 멈춰 섰다. 기훈은 스타인웨이 피아노를 바라보고 있는 그를 곁눈질하다 헛기침을 두 번 뱉었다.

그는 기타 가방을 벽에 세워두고 바퀴가 없는 하얀색 플라스틱 의자를 골라 앉았다. 그러는 동안 기훈은 따뜻하게 녹차를 우려 권했다. 그의 눈은 호리호리했고, 귀도 상당히 컸다. 그러나 양 볼에 움푹 팬 보조개가 어딘지 모르게 친근하면서도 그늘진 인상을 주었다. 기훈은 어디선가 본 듯한 얼굴 같다고 생각했지만 닮은 사람을 기억해낼 순 없었다. 몇몇 재즈 뮤지션이 떠오르다 흐려졌다. 그는 무언가 말하려고 입술을 달싹였지만 말을 삼키듯 침을 넘길 뿐이었다. 그러다 입술이 살짝 들리며 누런 치아가 드러났다. 잠시도 입술 매무새를 가만두지 못했다. 오래된 버릇 같았다.

"크레셴도가 뜻이……."

그가 얼쯤하게 물어왔다. 학원 이름을 물어보는 것이었다.

"점강음입니다."

기훈은 입술을 앞으로 모으고 있는 그에게 점점 세게,라고 다시 말했다.

"명함에 음악 학원이라고 적혀 있어서 한번 와본다고 했습니다. 이런 델 들어와보네요. 악보도 볼 줄 모르고 시작한 악기가 업이 될 줄은 전혀 몰랐거든요. 누구도 몰랐을 겁니다."

기훈은 무슨 말을 해야 할지 몰라 가만히 있었다. 그는 찻잔을 조심스레 들어 입술을 슬쩍 적셨다.

"좋군요."

기훈이 제주산이라고 말해주었다. 그는 제주, 하며 말을 흐렸다.

"이쪽 일은 할 만합니까?"

이쪽이라는 게 음악 학원을 말하는 건지, 집 관리를 말하는 건지 기훈은 알 수 없었다. 기훈이 그의 말을 예민하게 받아들인 건 호기심 어린 그 미소 때문이었다.

"중학교 때 리코더를 좀 불었어요. 소리가 좋다고 학급 대표까지 맡기더라고요. 그런데 다시 돌아가서 부르는 표시 그거 뭡니까?"

"도돌이표요?"

"맞아, 그땐 그걸 얼마나 미워했던지. 음악 선생이 방과 후에 따로 남겨 연습을 시켰거든요. 지휘봉으로 악보 짚어 가면서 여기로 돌아가서 똑같이 불러보라는 거예요. 그런데 그게 잘 안 되는 겁니다. 사실 악보를 볼 줄 몰라서 그런 거였기도 한데, 아니 대체 어떻게 똑같이 부릅니까 했더니, 리코더로 종아리를 오지게도 때리는 겁니다. 그땐 무슨 객기였는지 안 한다고 해버렸어요."

그는 혼자 피식피식 웃어댔다.

"열일곱에 학교 그만두고, 친구들하고 놀러다니고, 그러다 클럽에서 키보드 치는 사람을 만났어요. 그 사람이 너 이

거 좀 배워볼래, 밥줄은 될 건데 하기에 한다고 해버렸습니다."

기훈은 조금 뒤로 물러나 앉았다. 그에게서 빈속에서 올라오는 악취가 났다.

"문자로 먼저 확인하셨겠지만 건물 리모델링 기간에는 다른 곳을 구해서 지내셔야 합니다. 짐을 옮기는 비용은 저희가 처리할 거고요. 다만 공사 이후에는 월세를 올릴 수밖에 없습니다. 이 기간에 거처를 옮기겠다면 저희가 이사비 정도는 지원하겠습니다."

기훈이 파악한 바로는 그 방에 관련된 계약서는 따로 없었다. 장인도 돌려줄 보증금은 없으니 적절하게 내보내기만 하면 된다고 넌지시 알려줬을 뿐이었다.

"월세가 제법 밀렸던데요."

그가 성실한 세입자였다고 해도 기훈은 비슷한 투로 말했을 것이었다. 만나기까지 약간의 어려움이 있었지만 나쁜 감정은 없었다. 기훈은 그를 처음 만났다.

"그 집 보러갔을 때 대문 위에 피어 있던 장미가 얼마나 어여쁘던지. 그렇게 색이 진한 장미는 본 적이 없었거든요. 매년 5월이면 장미가 피는 그 집에 벌써 몇 년을 살았나 모르겠네요. 정희가 그 집 장미를 참 좋아했거든요."

기훈은 초점을 벗어난 그의 흐릿한 눈동자를 바라보았다. 그는 순식간에 다른 곳에 가 있는 듯했다.

"이번 달까지는 방을 빼주셔야겠습니다."

그러자 김태윤 씨는 여기가 어딘지 확인하듯 상담실을 구석구석 살폈다.

"그래야지요."

그는 음음 소리 내며 녹차를 조금씩 마시기 시작했다. 이내 얼굴에 생기가 돌았다. 따뜻한 찻물이 그의 몸을 데워주고 있는 것처럼 보였다. 기훈은 그에게 식사를 했는지 물었고, 그는 아직 먹지 않았다고 말했다.

"지난주에는 지방 공연에 다녀왔어요. 세션맨이 필요하다고 해서 영덕엘 갔는데, 그것까진 좋아요. 돈도 제법 쥘 수 있고, 산지 음식도 좀 먹고요. 그런데 세션맨 다섯에 가수에 매니저까지 합하면 사람이 일곱인데, 주최 측에서 대개 세 마리를 쪄서 내오더라고요. 얼른 한 마리를 챙겨가는 매니저에게 아무도 말을 못했어요. 그 가수가 우릴 불러준 거기도 하고. 남은 두 마리로 다섯이 먹으려니 영 재미가 없잖아요. 내가 빠졌어요. 갑각류 알러지가 있다고 말해버렸습니다. 그래도 공연은 재밌었어요. 드럼이 영 시원찮았는데, 그녀석이 쇼맨십은 워낙에 좋거든요."

그는 마치 오래 알아온 사이처럼 장황하게 말했고, 기훈은 잠자코 듣고 있었다. 말이 길어졌다는 것을 문득 깨달았는지 그는 컵을 기울여 찻물을 남김없이 마셨다.

"그 뒤로는 좀체 입맛이 없네요. 영덕에 가본 게 거의 7년

만인데, 이제 악기 들고 지방 축제 다니는 것도 지치는 것 같고."

그의 말이나 행동 하나하나가 묘하게 거슬렸지만 기훈은 좀 더 그의 말을 들었다.

"한때는 좋았어요. 정말 좋았죠."

기훈은 물을 더 부어줘야 하나 잠깐 고민했다. 그만 가줬으면 싶었다. 용건은 전달했고, 그도 충분히 알아들은 듯 보였다.

"정희가 내 옆에서 함께 지낼 때는 아픈 데가 하나도 없었거든요."

그는 말 상대가 간절했던 사람처럼 대화를 멈출 기미가 없었다.

"정희가 어느 날 갑자기 사라져버렸습니다. 병이 생겼다는 건 나중에 돌아 돌아 알았어요. 그땐 도저히 이해가 안 되더라고요."

"어떤 게……."

기훈은 저도 모르게 그렇게 반응했다.

"아픈 사람이 왜 도망을 갑니까."

"그야……."

기훈은 마땅한 답을 찾을 수가 없었다.

"저 혼자 도망가더니 저 혼자 아프고 저 혼자 죽겠다고 저러고 있는데 아무것도 해줄 수 있는 게 없었습니다. 그래서 말이에요."

기훈은 어느덧 그의 말에 이끌려가고 있었다.

"그 사람을 찾아갔습니다. 정희에게 딴 사람이 있었거든요. 내가 그런 걸 아는지는 몰랐을 겁니다."

그의 눈동자에서 작은 빛이 번득이는 걸 기훈은 보았다.

"정희가 아프니 좀 도와달라고 했어요. 속도 없는 놈이지요. 그게 협박처럼 들렸을 수도 있었을 거예요. 번듯한 가정이 있는 사람이었으니까. 나로서는 어쩔 수가 없었습니다."

그는 숨을 내쉬었다. 길고 긴 숨을.

"시간이 지나면 다 제자리로 돌아올 거라고 생각했어요."

그는 혼잣말을 하는 듯했다. 그의 표정이 어느샌가 허망해져 있었다.

노크로 적막을 깨뜨린 건 상담 선생님이었다.

"원장님 면접 시간 다 되었습니다."

기훈은 알겠다고 말했다.

그가 가방을 열어 기타를 꺼냈다. 클래식한 재즈기타였다. 칠이 벗겨지긴 했지만 깁슨 기타 특유의 붉은 색감이 남아 있었다. 그는 기타 바디에 적혀 있는 누군가의 사인을 가리켰다.

"이게 김홍기 형 필체입니다. 전성기 때였지요. 김홍기 알지요? 노고단 기타리스트 김홍기요."

김홍기라면 기훈도 어느 정도 알고 있었다.

"그 시절에 내게 팔백인가를 대줬어요. 내가 전활 넣자마자 보내주더라고요. 깽값으로 다 날려버렸지만 말이에요. 언젠가 갚겠다고 했는데, 이젠 연락할 도리도 없고. 세월이 무색하지요."

기훈은 그를 따라 웃을 수가 없었다. 그의 웃음에는 작은 비애가 섞여 있었다.

"음악 하는 인간들 죄다 바보예요. 그런가보다 하면서 다들 살고 있을걸요."

그가 너털웃음을 터트렸다.

"이걸 좀 맡깁시다. 내가 월세 들고 오면, 이 기타 내어주깁니다."

실룩거리는 입술 뒤편에는 더 꺼내지 못한 말들이 남아 있는 것 같았다. 기훈은 잠시 시간을 두어 알겠다고 말했다. 그는 손을 뻗어 악수를 청했다. 연주자의 손이라고, 기훈은 생각했다.

며칠 후에 장인이 기훈을 일식집으로 불러냈다. 장인은 외투를 벗는 기훈에게 오늘은 맑은 청주를 마셔보자고 했다. 큰 상에는 도기 주전자와 잔이 놓여 있었다. 기훈은 앉자마자 두 손을 뻗어 술을 받았다. 장인을 따라서 기훈도 잔을 입술로 끌어당겼다. 은은한 향이 기훈의 코끝에 닿았다. 한

잔을 여러 번 나누어 마시고 있자 주방장이 정갈하게 회를 놓은 접시를 들고 왔다.

"한 잔 받지."

장인이 주방장에게 술을 권했다. 그는 두 손으로 잔을 받아 고개를 돌려 단번에 마셨다. 목젖이 솟구쳤다가 가라앉았다. 그는 손바닥으로 입술을 훔치더니, 와주셔서 감사하다고 인사했다. 장인은 그가 오전에 실한 꽁치를 낚았다고 연락해왔다며, 성실한 사람이라 추어올렸다.

"사내다워."

주방장이 돌아가자 그들은 술잔을 가볍게 부딪친 후 꽁치회를 먹었다. 장인은 비늘에 윤기가 도는 꽁치 살점을 정성스럽게 음미했다. 꽁치는 기름이 차 맛이 고소하고 신선했다. 기훈이 장미 이야기를 꺼낸 건 새 술을 주문하면서였다. 장인은 맞아 장미가 있었지,라며 말끝을 흐렸다. 기훈은 끝방 세입자의 이름은 김태윤이라고 알려주었다. 그가 남은 방세를 치렀으며, 이번 달에는 짐을 뺀다는 말도 이어했다. 그러자 장인은 그가 거처를 구했는지 물어왔다. 기훈은 그것까지는 잘 모르겠다고 말했다. 장인은 천천히 술을 넘겼다. 대화는 중단되었다. 얼마 후에 직원이 들어와 단새우와 붕장어를 올린 초밥을 두 점씩 내어왔다. 마지막으로는 복튀김이 상에 올랐다.

"이 곡 잘 알지?"

기훈은 그렇지 않아도 음악이 꽤나 거슬리던 참이었다. 섬세하면서도 냉정한 피아노 연주였다.

"슈만입니다, 아버님."

장인은 젓가락을 내려놓고 귀를 기울였다.

"나도 한때는 악사가 되고 싶었어. 다들 그런 시기가 있으니까. 유 서방을 높이 산 건 끝까지 해보려는 자세 때문이야."

그 순간 기훈이 김태윤 씨를 떠올린 건 악사라는 말 때문이었다. 장인은 남은 청주를 빈 잔에 따랐다. 두 잔이 가득 차게 나왔다. 한 방울만 더 나왔어도 넘칠 게 분명했다. 표면이 흔들리고 있었다.

"현주가 자기는 딩크족이라고 하던데."

기훈은 장인이 그런 말을 한 것이 놀라웠다. 이게 마지막 잔이었고, 장인이 비로소 용건을 꺼내려던 참이라는 걸 기훈은 잊고 있었다. 장인은 신중하게 술잔을 들었다. 술이 아슬아슬하게 넘칠 듯 말 듯 했다.

"사내가 그런 고집 하나 못 이기면 어디 쓰나."

장인은 술을 넘겼다. 그러곤 할말을 다 했다는 듯 자리를 정리했다.

식당을 나서며 무릎이 휘청해진 장인은 재빨리 허리를 곧게 세우고 옷 주름을 바르게 폈다. 기훈이 집까지 모시겠다고 누차 말했지만 장인은 어두운 거리를 홀로 걸어갔다.

주방장은 식당 앞에서 기훈을 기다리고 있었다. 그는 장인이 주문해둔 초밥 도시락을 들고 있었다. 현주의 것이었다. 그는 평온한 미소를 머금고 있었다. 그 미소가 기훈을 자극했다.

"이런 말씀 드리기 그렇지만 일식집에 어울리는 음악은 아닌 것 같습니다."

그는 기훈이 말을 끝낸 건지 확인하듯 틈을 두어 대답했다.

"저는 손님께서 요청하신 걸 틀어드렸습니다."

그는 고개를 가볍게 숙인 후 식당 안으로 들어갔다. 밤바람이 기훈의 발목을 휘감고 있었다. 슈만을 요청한 건 장인일 것이었다. 딸 내외가 음악을 가르친다는 이런저런 말들과 함께. 기훈은 장인이 매번 이 식당으로 불러내는 이유를 알 것 같았다. 자신이 원하는 취향의 음식을 함께 먹고 자신이 원하는 음악을 함께 듣는 이에게 자신의 몫을 하나씩 내어주는 것이다. 그건 위엄을 내보이고자 하는 게 아니었다. 과시나 평가도 아니었다. 자신이 누군가를 교화할 수 있다는 단단한 믿음이었다.

기훈은 충동적으로 택시에 올라탔다. 그리고 김태윤 씨에게 전화를 걸었다. 신호가 몇 번 울리지 않아 그가 전화를 받았다. 그는 오늘은 일이 없어서 쉬고 있다고 했다. 기훈은 잠깐 볼 수 있겠냐고 물었고, 그는 얼마든지요 하며 전화를 끊었다.

그가 두꺼운 점퍼를 입고 대문 앞에서 기다리고 있었다. 그는 대문을 열며 안으로 들어오라는 손짓을 내보였다. 기훈은 택시가 기다린다며 초밥 도시락을 건넸다. 김태윤 씨가 이게 다 뭡니까, 하며 생기 있는 표정을 내보였을 때 기훈은 뭔가 잘못되었다는 걸 알았다. 기훈은 그에게 묻고 싶은 게 많았다. 그 순간 택시 기사가 가볍게 클랙슨을 울렸고, 기훈은 어정쩡하게 택시에 올라탔다. 그도 그런 상황을 점잖이 받아들였다. 그가 술에 취한 사람을 자주 대해왔을 거라는 걸 알아차린 건 기훈이 집으로 돌아온 이후였다. 백미러로 보이는 그의 모습이 기훈에게는 흐릿하게 남아 있었다. 그게 마지막이었다. 며칠 후 기훈이 기타를 돌려줄 작정으로 전화를 걸었지만 그는 받지 않았다.

정원 한편에는 폐기물과 종량제봉투가 차곡차곡 쌓여 있었다. 가스비는 정산되어 있었고, 전출신고도 해두었다. 신발장 안의 하얀 봉투에는 그간 밀린 전기세와 수도세가 동전까지 맞춰서 담겨 있었다. 대문과 현관문 열쇠도 함께 들어 있었다. 그의 흔적이 남은 건 김홍기가 사인한 기타가 전부였다. 김태윤 씨가 십수 해를 거주했던 공간은 하룻낮에 정리됐다. 일층의 다른 가구도 수일 내에 방을 빼기로 결정했다. 기훈은 일층이 비워지면 이층 세대와 일정을 협의

하여 리모델링에 들어갈 예정이었다.

오아시스는 입구에 야자수 나무를 세워둔 단층의 카바레였다. 입구에서부터 색소폰 연주가 크게 흘러나오고 있었다. 간판에는 코리아 라이브 클럽이라는 글자가 작게 적혀 있었다. 중년의 웨이터가 투박한 무전기를 들고 문 앞에 서 있었다. 기훈이 다가오자 그가 예약을 했는지 물어왔다. 기훈은 미스터 윤을 만나러 왔다고 했다. 그러자 그가 무전기로 사장을 찾더니 들어가보라고 말하며 육중한 문을 열어주었다. 바닥에는 검붉은 카펫이 깔려 있었다. 어둡고 긴 복도를 지나자 무대가 있는 홀이 나왔다. 낮은 조도의 핀 조명이 텅 빈 무대를 비추고 있었다. 조명의 빛줄기 사이로 몇 가닥의 먼지가 나풀거렸다. 손님은 한 명도 없었다. 몸집이 우람한 남자가 걸어와 기훈을 일별하더니 대기실로 이끌었다.

철문이 닫히자 음악 소리가 차단되었다. 그는 한 시대를 풍미했던 품이 넓은 회색 정장에 마름모 패턴의 넥타이를 매고 있었다. 기름지게 빗어 넘긴 머리카락에는 빈틈이 없었다. 어쩌면 가발인지도 모른다고 기훈은 생각했다. 기훈의 눈길을 살피던 그가 깔보는 듯한 투로 물었다.

"마스터하곤 무슨 사이?"

외모와 달리 그의 목소리는 꽉 막힌 수도꼭지에서 가까스로 흘러나온 물방울처럼 연약하게 들렸다. 천성적인 유리

성대였다. 기훈은 기타를 돌려주러 왔다고 말했다.

"미스터가 아니라 마스터였나요?"

사장은 기훈의 말을 이해하지 못한 듯 벙찐 얼굴을 내보이다가 이내 실소를 터트렸다.

"마스터 윤 몰라요?"

기훈은 고개를 흔들었다.

"그걸 모르는 사람한테 기타를 맡겼다? 그 형님 특이한 건 알았지만, 정말 희한하다 희한해."

그는 두 손으로 마른세수를 하더니 소파에 앉아 담배를 꺼냈다. 기훈은 벽에 기타를 세워두고 그의 맞은편에 앉았다. 사장은 호감 가는 상대를 만났다는 듯 몸을 앞으로 기울이며 팔꿈치를 무릎에 괴었다.

"그 형님 때문에 정말 골치 아팠거든. 연심이를 초대해준다고 해서 동네마다 플래카드도 걸고 단골들에게 문자도 다 뿌렸는데 갑자기 잠적한 거야. 내가 아주 쩔쩔맸다니까."

그가 담배 연기를 내뿜었다.

"알고 보니 형수가 죽었다네. 돌아버리겠더라고. 연심이도 제천인가 거길 간다고 오질 않았으니 말 다 한 거지. 우리 형수, 참 안타까운 인생이지."

한 시절이 떠오른 듯 사장의 눈빛이 순식간에 흐려졌다. 기훈은 문득 어떤 기시감에 휩싸였다.

"그분이 정희……."

"그건 아는가보네. 한때는 전국구로 노래했던 사람이잖아. 그럼 뭐 하나, 육신도 한땐데 다."

그는 소파 등받이에 왼팔을 걸었다.

"사실 부부도 아냐. 결혼한다 만다 얘기도 많았는데, 같이 좀 살다가 도망가버렸지 뭐. 이쪽 세계에선 흉볼 일도 아니고."

그는 다 피우지도 않은 담배를 재떨이에 비벼 껐다.

"그래도 한동안 잘 지내다가 형수가 병을 얻은 모양인데, 그길로 시골에 내려가버렸더라고. 형수가 떠나고 나서도 그 형님은 거기에 남아 쭉 살았는데, 이젠 어디 갈 데나 있겠어? 나에게도 말 안 한 거 보면 여기저기 떠돌아다니고 있지 않을까 싶네."

그는 새 담배를 입에 물었다. 그러나 불을 붙이지는 않았다.

"거기에 남아 있던 게, 그분이 다시 돌아올 거라고 생각했기 때문일까요?"

기훈이 물었다.

"나도 모르지. 원체 속을 알 수 없는 사람이니까."

그는 기타는 형님이 돌아오면 잘 전달하겠다고 말하며 담배에 불을 붙였다.

기훈이 무대가 있는 홀로 빠져나오자 음악 소리는 더 커져 있었다. 핀 조명은 여전히 무대의 텅 빈 한가운데를 비출 뿐이었다. 조명을 벗어난 무대의 우측 끝에 붉은색 건반 한 대가 놓여 있었다. 거기가 마스터 윤의 자리일 것이었다. 김태윤 씨는 그 자리에서 오아시스를 찾아오는 사람들과 능숙하게 눈인사를 나누고 연주를 이어갔을 것이었다. 기훈은 마스터 윤의 건반을 한참이나 바라보았다.

입시 시즌을 마친 후 기훈은 실습실의 악기를 최신형으로 교체했다. 강사들의 권유에 몇몇 악기는 중고 사이트에 올려두었다. 사이트를 살피는 중에 익숙한 빛깔의 재즈기타가 기훈을 사로잡았다. 김태윤 씨의 기타였다. 기훈은 곧장 판매자에게 메시지를 보냈다. 그가 알려준 주소는 오아시스였다. 그러나 기훈이 알던 오아시스는 흔적도 없이 사라져버린 후였다. 건물의 안과 밖이 새것으로 바뀐 채였다. 오아시스는 이제 내부가 환한 종합마트가 되어 있었다.

사장은 기훈을 단번에 알아보았다. 그는 이걸 왜 사가냐며 너스레를 떨었다. 꼼꼼하게 빗어 넘긴 머리카락과 가녀린 목소리는 여전했다. 그러나 기훈의 눈에 그가 전혀 다른 사람처럼 보이는 건 마트에서 흘러나오는 최신가요와 형광등의 하얀빛 때문이었다. 그는 주머니 속에 돈을 구겨넣곤 기타를 건넸다. 그러더니 가게 안으로 들어가서 종이가방을 들고 나왔다.

"폐업할 때 남은 건데, 이걸 다 팔기도 쉽지 않고, 어차피 기타는 그쪽이 들고 온 거기도 했으니까."

그가 억지를 쓰며 기훈의 손에 종이가방을 쥐여주었다.

"김태윤 씨는 안 왔습니까?"

"그 양반, 있다가 없다가 해."

그가 씁쓸한 표정을 지으며 주머니에서 담배를 꺼냈다. 기훈은 마스터 윤이 어떤 유의 음악을 연주했는지 물었다. 어떤 유? 그는 처음 들어본 단어라는 듯 나지막이 중얼거리며 담배를 손가락 사이에 끼웠다.

"그런 건 잘 모르지만, 꽤 하긴 했어. 나 같은 막귀도 넋 놓고 볼 때가 있었으니까. 우리 무대에 세워둔 건반이 있었거든. 내가 딴 건 다 버려도, 그건 못 버리겠더라고. 가게 안쪽 끝까지 들어가면 잡화코너 옆에 천으로 덮어둔 거 볼 수 있을 거야. 안 그래도 좁다고 직원들이 딴지 거는데, 어쩔 거야 내가 사장인데."

기훈은 그 건반을 사겠다고 말했다. 그러나 그는 그걸 팔 수는 없다고 단호하게 거절했다.

"전에 그런 걸 물었었잖아? 그 집에서 형수가 돌아오길 기다린 거냐고."

그가 생각난 김에 말한다는 듯 운을 뗐다.

"안 올 걸 알았을 거야. 형수가 한 고집 하는 사람이었거든. 그래도 돌아올 데가 있는 거랑 없는 건 전혀 다른 문제니까."

그는 불이 붙지 않은 것도 잊은 채 마른 담배를 한 모금 빨아당기더니 숨을 내쉬었다. 그걸로 거래는 끝이 났다. 기훈은 기타를 메고 어두운 밤길로 돌아섰다. 종이가방에는 독주가 한 병 들어 있었다. 기훈은 문득 이 술을 마셔야겠다는 생각에 사로잡혔고, 현주에게 전화를 걸었다. 둘은 한 시간 후에 일식집에서 보기로 했다. 기훈은 택시에 올라탔다.

현주는 음식이 나오는 동안 학생들 걱정을 했다. 입시 시즌이 지나면 결과에 아쉬워하는 학생들이 있기 마련이었다. 현주는 한때 기훈의 절친한 동료였다. 그녀는 개인 수업에서는 목관악기를 담당했고, 팀별 수업에서는 클래식 작곡을 맡았다. 그러다 기훈이 학원을 차리기 위해서 먼저 독립했고, 그들은 한동안 연락하지 않았다.

"음악 아직 안 질려?"

기훈의 말에 현주는 헛웃음을 터트렸다.

"그런 걸 물으려고 부른 거야?"

방어회를 한 점 집던 현주가 종지에 회를 올려두고 술을 한 모금 삼켰다. 기훈이 그렇게 물은 건 오래전 현주가 찾아온 날이 떠올라서였다. 그해 여름의 한낮이었다. 기훈은 소도시에서 작은 학원을 열어 초등학생들을 가르치며 지내고 있었다. 여름 해가 머리 꼭대기 위에 있던 시간, 현주가 학원으로 들어서더니 스스럼없이 기훈의 이름을 성을 붙여 불렀다. 현주의 싱그러움이 어색한 공기를 밀어냈다. 원장실도 따로 없이 실습실이 두 개, 그나마도 가벽으로 나눈 공간이 전부인 단출한 학원이었다. 현주는 들뜬 표정으로 학생들이 벽에 그려놓은 낙서를 둘러보았고, 책상 옆에 놓인 선풍기 앞에 서서 한참 땀을 식혔다. 선풍기 바람에 현주의 원피스 자락이 부드럽게 흔들리고 있었다.

넌 아직 음악이 안 질려?

질린다는 말이었을까 질리지 않는다는 말이었을까. 어쩌면 그건 대화를 이어나갈 추임새에 불과했을 것이다. 기훈은 그걸 알면서도 어떤 답을 해야 좋을지 신중하게 생각했다. 기훈의 대답을 기다리는 현주의 원피스가 계속해서 흔들리고 있었다. 현주의 눈썹이 부드럽게 일렁였다. 그녀의 입가에 맑은 미소가 스치는 걸 기훈은 바라보고 있었다. 대답을 기다리는 현주의 모습이 기훈을 긴장하게 만들었다. 그날 이후 기훈은 현주와 연인이 되었고 그해가 지나지 않아 결혼했다.

기훈은 부쩍 지나간 날들을 살피는 순간이 많아졌다. 새해가 되어 그런 거라고 생각했다. 기훈은 현주의 빈 잔에 술을 따라주었다.

"이 술은 어디서 난 거야? 그 기타는?"

기훈이 자세를 고쳐 앉으며 오아시스에서라고 했다. 현주는 시답잖은 농담으로 받아들일 뿐이었다. 그러다 대화의 주제는 자연스레 그 집으로 흘러갔다. 기훈은 현주를 만나기 전, 그 집에 찾아간 걸 말하지 않을 생각이었다.

기훈이 택시에서 내리자 갇혀 있던 입김이 쏟아져나왔다. 저녁 공기가 아찔하게 속을 채웠다. 그 집은 예전 모습은 찾아볼 수 없을 정도로 바뀐 채였다. 대문은 이미 철거되어 입구가 넓게 드러났고, 정원 한쪽에는 실내 장식 자재가 천막으로 씌워져 있었다. 공사가 끝나면 임시 거처에서 지내던 이층 세입자가 돌아올 예정이었고, 차근차근 일층에도 새 세입자를 구할 작정이었다.

기훈은 현주의 어린 시절이 담긴 사진 속 외관을 최대한 살려두고 싶었다. 나무 대문과 넓은 정원, 진회색 벽돌 같은 건 그대로 두어도 좋을 것 같았다. 그러나 현주는 건물의 창을 최대한 넓히는 방향으로 결정했고, 나무 대문은 철거하고 양측에 보령석 문주를 세우자고 했다. 정원은 차고가 될 예정이었다. 기훈은 현주의 의견에 모두 따랐다. 하나의 요구가 있다면, 대문 위에 심긴 장미를 그 집 어딘가에 다시 심을 수 없느냐는 정도였다. 그러자 현주는 장미? 하더니, 장미밭은 보수공사 때 이미 없애버렸을 거라고 말했다. 수년 전 일이라고 했다.

하늘빛이 어둑해지고 있었다. 기훈은 계단을 따라서 옥상으로 올라갔다. 정원이 사라져 아쉬워하는 이층 세입자의 의견을 받아들여 옥상에 텃밭을 꾸리기로 했다. 이번 주가 지나면 공사에 속도가 날 예정이었다. 그게 다 투자라고, 장인이 현주를 불러 말했을 때 기훈도 함께 있었다. 재개발 지역으로 지정될 거라는 걸 예상하면서도 장인은 공사를 독려했다. 인허가가 떨어지고 철거되기까지는 십 년도 더 걸릴 거라는 게 장인의 생각이었다. 계획대로 된다면 십 년 후에는 일대에 대단지 아파트가 들어설 것이었다. 장인은 모두가 그런 그림을 그리기 전에 집을 고쳐 팔아버리라고 했다. 남들보다 앞서서 미래를 당겨오라고 장인이 그런 말을 하고 있을 때 현주가 확신에 찬 눈으로 자신을 바라보던 걸 기훈은 기억하고 있었다.

기훈은 기타와 종이가방을 내려놓고 옥상 바닥에 앉았다. 찬 기운에 엉덩이가 선득했다. 깊은 하늘과 낮은 어둠이 서서히 기훈의 눈앞을 채우고 있었다.

"그 집 사람들 내보내는 게 보통 일이 아니었을 거라고 아빠가 걱정 많이 했어. 계약서도 제대로 안 쓴 시절이었다고. 무사히 끝나서 다행이야."

해맑은 목소리가 기훈을 이곳으로 불러냈다.

기훈은 술을 한 모금 마셨다. 가볍게 넘겼던 술이 불처럼 끓어올랐다. 이내 온몸으로 퍼져나가는 나른함을 느꼈다. 문득 그런 의문이 밀려왔다. 그가 왜 자신을 찾아와 한 시절의 일들을 털어놓은 건지. 그는 속을 숨김없이 드러냈다. 그의 눈이 그걸 말해주고 있었다.

속도 없는 놈이지요.

기훈은 그가 그렇게 말한 게 떠올랐다.

시간이 지나면 모든 게 제자리로 돌아올 거라고 여겼으니까요.

그가 바라는 건 모든 게 제자리로 돌아오는, 그것이었던가. 그러나 그도 그런 게 가능할 리가 없다는 걸 분명 알고 있었다. 그가 한때 미워했던 도돌이표처럼. 그가 사라져버린 건 더는 그 집에 남아 있을 필요가 없어졌기 때문이었다.

"끝방 세입자가 건반 연주자라는 거 알고 있었어?"

현주가 고개를 끄덕였다.

"같이 살았던 분이 아픈 이후로는 각자 살았나봐."

"이해되네. 아픈 모습 보이는 게 부끄러웠던 거야. 여자는 원래 그래."

기훈은 다시금 안에서 어떤 일렁임을 느꼈다. 이해된다는 말은 아픈 말이었다.

"그 사람, 내가 내보낸 게 아니라 스스로 나간 거야."

현주는 그런 거야?라며 순진한 웃음을 웃었다. 그 웃음은 어떤 의도도 없는 무해한 웃음이었다. 현주의 웃음은 대개 그랬다. 기훈은 문득 현주가 끝없이 낯설게 느껴졌다.

어쩌면 기훈은 김태윤 씨에게 더 나은 제안을 할 수도 있었다. 이층 세대처럼 공사가 끝난 후에 돌아오게 할 수도 있었고, 적절한 금액으로 세를 조율해줄 수도 있었다. 그러나 김태윤 씨가 살았던 장미가 피어나는 집과 그가 건반을 치던 오아시스는 사라져버렸다. 기훈은 그를 둘러싼 모든 것들이 걷잡을 수 없는 속도로 흘러가고 있다고 생각했다. 그는 돌아오지 않을 것이다.

현주가 기훈의 빈 잔에 술을 따라주고 있었다. 뜨거운 취기와 함께 기훈은 차분해지고 있었다. 기훈은 어떤 풍경을 떠올리고 있었다. 그 집 옥상에서 내려오는 계단에서였다. 가로등이 막 켜졌고, 건너편 집 대문 위로 네모난 화단이 내려다보였다. 관리되지 않아 복잡하게 넝쿨이 쳐진 그건 어쩌면 장미일 것이라고 기훈은 생각했다. 기훈은 가만히 선 채 그걸 보고 있었다. 하늘 저편으로 옅게 물든 구름이 서서히 흐려지고 있었다. 술이 돌이킬 새 없이 잔 속으로 떨어졌다. 아주 잠시 동안이었다.

밤은 농담처럼

나는 그애를 한눈에 알아보았다. 엄마와 이모들이 그애를 둘러쌌다. 그애는 청바지에 검은 재킷을 입었고, 이스트백을 한쪽 어깨에 걸치고 있었다. 스니커즈를 벗자 흰 양말이 드러났다. 발등에는 오리 얼굴이 정면으로 프린팅되어 있었다. 오리의 샐쭉 벌린 입과 크게 뜬 두 눈이 익살맞았다. 엄마는 그애가 멘 이스트백을 받아서 내 앞에 두고 돌아섰다. 가방은 한쪽으로 기울더니 치마폭에 닿았다. 그애의 출현은 짓궂은 농담 같았다.

그애가 빈소에서 쭈뼛하게 서 있는 동안 장례식장에 있던 일가족이 모여들었다.

"종수야. 상주는 향이 안 꺼지도록만 하면 되는 일이다."

상주 완장을 벗은 이모부는 향에 불을 붙인 뒤 향합에 꽂았다. 연기가 흩어지는 저편에 할머니의 사진이 있었다.

나는 할머니의 얼굴을 보지 못한 채, 절을 올리는 종수의 양말을 바라보았다. 발바닥이 시커멨다.

종수는 힘겹게 두 번 절을 마쳤다. 이모부는 종수와 맞절한 뒤 할머니는 좋은 곳에 가셨다고 말하고 빈소를 빠져나갔다. 나는 상주 방으로 들어갔다. 짐이 한데 쌓여 있었다. 나는 종수의 이스트 백을 구석에 놓아두었다. 바닥에는 혜순 언니네 물건들이 어질러져 있었다. 포대기를 한쪽으로 치우자 그 아래에 깔려 있던 양말 상자가 보였다. 검은 양말이 사이즈별로 들어 있었다. 나는 양말 상자를 포대기에 돌돌 말아 이불 밑에 집어넣었다. 빈소에서 이모들의 곡소리가 다시 들려오기 시작했다. 나는 불을 끄고 소리가 그치길 기다렸다. 방문 틈으로 빈소의 조명이 여리게 스며들었다. 문을 연 사람은 엄마였다. 엄마는 종수가 옷을 갈아입어야 하니 밖으로 나오라고 했다. 엄마는 내가 대답하기 전에 문을 닫았다.

혜순 언니는 쟁반을 들고 다니며 테이블 위에 음식을 놓고 있었다. 이른 조문을 마친 시부모님이 손녀를 맡아준다고 했다. 나를 본 언니는 '너도 앉아'라는 입 모양을 보였다. 나는 이모들과 멀찍이 떨어져 앉았다. 방바닥이 뭉근하게 데워져 있었다.

상복으로 갈아입은 종수는 흰 양말이 신경 쓰이는 모양이었다. 빈소 앞에서 쭈뼛거리는 걸 엄마가 붙잡아선 내가 있는 상으로 이끌었다. 엄마는 종수를 앉혀놓고 숟가락과 젓가락을 놓았다. 그때 마침 할머니 두 분이 곡을 하며 장례식장으로 들어섰다. 종수는 양손을 괴며 일어나려 했다.

"앉아. 나중에는 못 먹을 테니까."

나는 나무젓가락을 두 동강 내어 수육을 한 점 집었다. 긴장하고 있던 종수도 숟가락을 들고 국을 뜨기 시작했다. 습관인 건지 눈치를 보는 건지 왼손바닥을 펴서 오른쪽 손목에 받치며 젓가락질했다. 전과 무말랭이, 멸치까지 그렇게 먹었다.

"학교 그만뒀다며. 술은 하니?"

종수가 주춤했다. 어떻게 알고 있느냐는 표정이었다. 나는 냉장고로 걸어가서 소주와 맥주를 가지고 왔다. 그사이 혜순 언니가 수육을 새 접시로 바꿔주었다.

"너 요만할 때 나랑 주희랑 업고 다녔던 거 기억 안 나지?"

배가 고팠던 게 분명했다. 종수는 숟가락 위에 밥과 수육을 올리고 한입에 욱여넣었다.

"어린애한테 술은 무슨 술이야. 내일부터는 더 정신없을 텐데."

나는 못 들은 척 뚜껑을 열었다. 맥주를 종이컵에 따르는데 거품이 솟아올라 잔이 넘쳐버렸다. 종수는 휴지를 두 장 뽑더니 잽싸게 닦아나갔다. 종이컵에는 맥주가 절반밖에 남아 있지 않았다. 종수는 얼른 맥주병을 기울이며 내 잔에 따르기 시작했다.

“나도 줘봐. 종수에게 잔 받을 기회가 언제 또 있을지 알고.”

혜순 언니도 종이컵을 내밀었다. 종수는 신중하게 맥주를 잘 따랐다. 젓가락으로 연근조림을 집을 때처럼 왼손을 오른쪽 손목에 받치며 천천히.

빈소에서 나온 할머니들은 우리 테이블로 와서 종수 옆에 나란히 앉았다. 처음 보는 분들이었지만 그들은 종수를 잘 아는 것 같았다.

“아빠는, 살아는 있고?”

종수는 입술을 손등으로 훔치며 고개를 끄덕였다.

“못 본 지 좀 됐어요.”

그러자 옆에 앉은 할머니가 어쩐다, 어쩐다 추임새를 넣었다. 나는 맥주를 종수의 잔에 따랐다. 언니가 눈을 흘기더니 할머니들 맞은편으로 옮겨 앉았다.

“고모할머니, 식사 안 하셨죠? 얼른 밥 내올게요.”

엄마와 이모들이 금세 할머니들 곁에 둘러앉았다. 종수가 내 쪽으로 조금 당겨 앉으려다 무릎이 상 귀퉁이에 부딪혔다. 그 소리가 제법 컸다. 종수는 과장된 포즈로 무릎에 딱밤을 때렸다.

“어유 참, 나대지 말래도.”

종수의 넉살에 짜증이 일었다.

"아빠 못 만난 게 자랑은 아니잖아."

어른들은 일제히 나를 쳐다봤다.

"주희야."

엄마가 말을 끊으려고 했지만 멈출 수가 없었다.

"그 잘난 삼촌은 이런 날에도 감감무소식이네."

나는 젓가락을 놓고 일어났다. 종수는 음식을 씹지 못한 채로 얼어붙었다. 나는 진작 이런 모습을 보고 싶었다. 두 볼 가득하게 수육을 씹어대는 꼴이 아니라.

흡연구역은 주차장 입구에 있었다. 라이터를 꺼내자 종수가 뻘쭘하게 서 있는 게 보였다. 종수는 내가 묻지도 않았는데, 전자담배를 예열하는 중이라고 말했다. 나는 종수에게 담배 한 개비를 내보였다.

"불 담배는 매운데."

그렇게 말하면서도 얼른 손을 뻗어 담배를 가져갔다.

종수는 담배를 입술에 물 때도 왼손을 오른쪽 손목에 받쳤다. 내 앞이라서 그러는 건지 원래부터 그랬는지 알 수 없었다. 먼저 입을 뗀 사람은 종수였다.

"피디님이시라면서요."

과한 존칭에 헛웃음이 나왔다. 정보를 흘린 사람은 혜순 언니일 게 뻔했다. 종수의 사정에 대해 알려준 것도 모두 언니니까. 언니가 종수에게 나를 데리고 오라고 시켰을 것이었다.

담배꽁초를 재떨이에 비벼 끄려는데, 종수가 내 앞으로 성큼 다가왔다.

"저는 희극인이 되려고 해요."

이 상황이 어색해서 한 말은 아닌 듯했다. 안경 너머로 보이는 두 눈동자는 진지했고, 이제 왼손은 오른쪽 팔목을 붙잡고 있었다.

희극인이라니. 나는 정직하게 말해야만 했다. 남보다 못한 어설픈 혈연이란 얼마나 부질없는 관계인지를. 할머니가 가까스로 부른 이름이 삼촌과 그의 아들이었다는 사실을. 그 말을 들은 딸들의 심정을, 그 딸들의 딸에게 찾아온 먹먹함을. 그러나 나는 단 한마디의 말만 되돌려주기로 했다.

"그래서?"

나는 차라리 그애가 말대꾸하고 들이대길 원했다. 한바탕 싸움이라도 벌이고 싶었다. 하지만 종수는 아무런 말을 하지 않았다. 화가 치밀었다.

"한번 웃겨봐. 뽑힐 수 있는지 알려줄게. 혹시 또 모르잖아. 내가 어디라도 꽂아줄지. 웃기라도 해보자고, 이 마당에."

나는 종수를 두고 돌아섰다.

조문객이 다녀간 접객실은 널브러진 일회용 접시와 술병으로 요란했다. 혜순 언니와 내가 쉴 새 없이 움직이는 동안에도 이모부와 사촌 오빠는 오른팔에 찬 완장이 특권이라도 되는 양 엉덩이를 떼지 않았다. 눈치를 보며 내가 든 쟁반을 재빠르게 받아 나른 사람은 종수였다. 빈 쟁반을 다시 가지고 오는 틈에 몇몇 어르신이 상주가 뭘 하는 거냐며 종수를 나무라기도 했다. 종수가 나를 힐끗거리는 게 느껴졌다. 종수는 어느새 검은 양말로 갈아 신은 채였다.

정리는 쉽사리 끝나지 않았다. 손님들이 한차례 빠져나가고 나서야 접객실 구석에 앉아서 음료수로 갈증을 달랬다. 어느새 다가온 엄마가 지갑을 열며 말했다.

"할머니 병원비 좀 계산해. 간호사가 짐을 싸뒀을 거니까 집에 두고 올라가봐. 여기서 괜한 고생 말고."

나는 어느 때보다도 엄마의 말이 섭섭하게 느껴졌다. 엄마를 이해하기 힘든 건 아니었다. 엄마는 내가 적당한 회사에 취업할 때까지 미용실에 손이 되길 바랐다. 하지만 나는 대학교를 졸업하자마자 집을 떠나 고시원에 들어갔다. 딱 이 년만 버티겠다고 사정했지만, 엄마는 일 년째 되는 날부터 돈을 보내지 않았다. 나는 명절이 되어도 연락하지 않았고, 엄마도 마찬가지였다. 그랬기에 할머니가 한동안 내 방에서 지냈다는 것도, 급격히 건강이 나빠져서 요양병원에 입원했다는 사실도 모르고 있었다.

"휴가 냈어."

나는 카드를 건네받았다.

"외조모상에도 휴가가 나오나보지."

"그간 못 쓴 휴가."

엄마는 내 말이 끝나기도 전에 지나가던 종수를 붙잡아 세웠다.

"종수야. 네가 누나랑 같이 좀 가야겠다. 고모네 집에 와 본 거 기억나?"

종수는 고개를 가로저었다. 엄마는 현관 열쇠를 종수에게 건넸다.

장례식장 입구에서 대각선 건너편으로 요양병원이 보였다. 우리 집은 병원 뒤 주택가의 갈색 대문 집이었다. 신호 두 개만 건너면 곧장 병원이었고, 대로변이라 밤 중에도 어둡지 않았다. 엄마는 그저 종수에게 바깥 공기를 쐬게 하려던 목적이었을 것이다.

건널목 앞에서 종수는 내 옆에 가까이 섰다. 나는 지나가는 차를 눈으로 좇으며 그애의 시선을 외면했다. 신호가 바뀌었고, 우리는 나란히 길을 건넜다.

"경찰서 반대말이 뭔지 아세요?"

병원 옆 지구대를 발견하고 꺼낸 말이었을 것이었다. 나는 서찰경이라고 답했다.

"와, 신선한데요. 저는 경찰 앉아,라고 말하려고 했거든요. 그럼 바이올린의 반대말은요?"

아직도 뭐가 뭔지 모르는 건지, 마냥 해맑은 성격이었다. 바이올린이라니. 뜬금없이 구는 구석도 삼촌과 판박이였다. 통통한 체구에는 어린 시절의 모습이 남아 있었지만, 무심코 길에서 지나친다면 알아볼 자신이 없었다. 나는 이 밤이 지나고 나면 종수를 다시는 만나지 못할 거라는 걸 알았다.

병원 앞에서 종수는 팔에 달린 상주 완장을 떼어내려 했다. 그 바람에 걸음이 느려졌고, 나는 그애를 보채며 얼른 따라오라는 기색을 보였다. 마음대로 되지 않았던지 상의를 벗어서는 돌돌 말아 품에 안았다.

"거기 계신 분들 기분만 안 좋아질까봐서요."

종수가 변명 투로 말했다. 그러자 내가 입고 있는 상복이 거북하게 느껴졌다.

"너만 다녀올래?"

종수가 남은 일을 도맡아 하는 게 나아 보였다. 삼촌의 무능함을 연좌하는 게 섭섭하다 해도 딱히 해줄 말이 없었다. 몇 년 만에 할머니 곁에 돌아온 건 종수나 나나 마찬가지였지만 무게가 같진 않으니까. 나는 엄마의 카드 대신 지난달에 발급한 신용카드를 꺼내어 종수에게 내밀었다.

"할머니 짐은 간호사가 챙겨뒀을 거래. 영수증도 챙겨줘."

나는 옷을 들어주려고 손을 뻗었지만, 종수는 가만히 선 채로 내 말을 곱씹고 있었다. 이내 고개를 숙여 인사한 뒤 무거워 보이는 병원 문을 밀고 들어갔다. 머리를 긁적이며 걸어가는 그애의 등을 쳐다보자 번번이 시시한 농담을 던지던 삼촌이 떠올랐다.

'꼭 닮은 건, 지 삼촌이지.'

시골의 바닷가에서 조약돌을 고르던 나를 보며 그렇게 말한 사람은 엄마였다. 나는 엄마의 말을 못 들은 척 내 손에 맞는 돌멩이를 찾아다녔다. 행여나 다른 걸 캐물을까봐 고개를 들지 못했다.

누구도 물수제비 뜨는 방법에 대해 알려주지 않았지만 나는 처음부터 해낼 수 있을 것 같았다. 언젠가 잔잔한 바다를 향해 납작한 돌을 던지는 삼촌을 본 적 있었다. 돌멩이는 아슬아슬하게 비행하는 새처럼 낮고 재빠르게 수면 위를 튕기며 뻗어나갔다. 매끈한 표면으로 빛이 반사되었다. 그러다 돌은 허무하게 가라앉았다.

엄마는 이상한 가사로 노래를 부르고 있었다.

'돌멩이는 돌멩이 사이에 있고요, 모래알은 모래알 사이에 있지요.'

나는 자꾸 딴청을 피웠다. 바지 주머니에는 할머니 집 거울에 꽂혀 있던 삼촌의 증명사진이 들어 있었다. 열다섯 살쯤 되었을까. 옅은 눈썹과 붉게 솟은 광대뼈, 주근깨와 양쪽의 덧니까지, 엄마는 내가 삼촌을 빼닮았다고 했다.

주머니에 든 사진을 어떻게 했더라. 기억나지 않았다.

병원 앞에 택시가 멈춰 섰다. 아주머니 세 분이 뒷좌석에서 내렸다. 셋은 서둘러 병원으로 달려들었고, 한 사람은 조금 늦게 보조석에서 내렸다. 심각한 표정이었다. 마지막에 병원으로 들어서던 아주머니는 내 얼굴을 빤히 쳐다보더니 돌연 질깃한 욕설을 뱉었다. 목덜미가 바짝 서고, 머리가 지끈거렸다. 나는 아주머니의 팔을 붙잡았다.

"뭐라고 하셨어요?"

그러자 아주머니는 고함을 질렀다.

"허구한 날 기다려봐야 안 올 테지만 늦었다고 해도 어쩌겠어."

당황한 건 내 쪽이었다. 급기야 아주머니는 그 자리에 주저앉아 곡을 하기 시작했다.

나는 얼어붙었다. 아주머니는 한 가지 역할에 몰입한 단역 배우처럼 충실해 보였다. 앞서 들어간 무리 중 한 명이 돌아와 아주머니를 이끌고 병원 안으로 들어갔다. 밤공기가 싸늘하게 옷 안으로 스며들었다.

서둘러 병원을 벗어나고 싶었지만, 종수가 여태 나오지 않고 있었다. 어쩌면 다른 병실에서 위급한 상황이 벌어진 건지도 몰랐다. 네 명의 아주머니들과 관련한 일일 수도 있었다. 그렇다고 해도 마냥 기다릴 순 없는 노릇이었다. 수납대에서 병원비를 계산하고, 간호사가 챙겨둔 할머니의 짐을 전해 받으면 그만이었다. 왜 직접 가지 않았는지 후회되면서도, 이런 일을 시킨 엄마가 괜히 섭섭하기만 했다.

엄마는 삼촌을 막내둥이로 불렀다가, 막둥이로, 때론 너희 삼촌이나 택이라고 불렀다. 삼촌이 시골집을 떠나 독립한 건 열아홉 살 무렵, 지금의 종수와 비슷한 나이였다. 삼촌은 시골의 폐쇄적인 생활에 염증을 느끼고 있었기에 할머니가 보태준 학비로 엄마와 이모들이 터를 잡은 부산으로 떠나왔다. 이모들은 막둥이가 대학에 가길 바랐지만, 삼촌의 방랑벽은 타고난 기질이었다. 불현듯 전화를 걸어와 김천의 친구 집이라고 했다가, 어느 날에는 서산에서 귀인을 만나 소리를 배운다고 했다. 일 년여 연락이 끊겨 걱정하던 엄마가 몇몇 지인을 통해 알아보니 벌써 군대에 가버렸다는 소식을 듣기도 했다. 삼 년 후에는 돌연 결혼하겠다고 숙모를 데려왔다. 결혼식은 성대하게 치러졌다. 시골의 이웃들은 자식 혼례 중 규모가 가장 컸다며 할머니를 추어올렸다.

그즈음에는 삼촌의 방랑벽도 사라진 듯했다. 누님들을 걱정시키지 않겠다고 선포한 삼촌은 성남시의 버스 기사가 되었다. 나에게 삼촌은 처음부터 버스 기사였다. 언젠가 나는 엄마와 함께 삼촌이 운행하는 버스를 탄 적이 있었다. 우리는 종점에서 종점으로, 삼촌이 모는 버스의 제일 뒷좌석에 앉아 도시를 구경했다. 사글사글한 버스 기사는 올라타는 손님마다 일일이 인사를 건네고, 무거운 짐을 든 손님이 타면 정차하고 옮겨주기까지 했다. 남진 같은 가수가 되는 것이 일생의 목표였다던 삼촌은 그 끼를 주체하지 못하고 라디오의 흥겨운 음악에 맞춰 머리를 흔들기도 했다. 그럴 때마다 엄마는 까르륵 신이나 막둥이의 몸짓에 감탄했다.

"꼭 너희 할머니를 닮았다니깐."

엄마는 누가 누구를 닮았다고 말하는 걸 좋아했다.

문득 엄마의 환한 얼굴이 기억났다. 환한 것들이 떠오르는 밤이었다.

그러던 삼촌이 다시 잠적하게 된 것은 역시나 돈 때문이라고 짐작할 수밖에 없었다. 엄마와 이모들은 얼마간의 돈을 모아 삼촌에게 보냈다. 사고를 냈다는데, 그 사고의 종류는 알려주지 않았다. 그저 막둥이의 마음이 어떨까 걱정하는 꼴이 다들 할머니를 빼 닮은 모습이었다. 얼마 후 시골의 슈퍼 주인을 통해 알게 된 사실은 삼촌이 할머니 집을 저당잡아 보증을 섰다는 것이었다. 이모들은 삼촌을 찾아내려 했지만 감감무소식이었다. 숙모는 삼촌이 사라진 이후 보험회사에 취직해 종수를 키우고 있었다. 할머니는 삼촌의 방황을 보고만 있을 수가 없었다. 할머니는 그 큰 선산을 팔아 낱장의 통장에 긴 숫자를 박아넣었다. 그러나 할머니가 방방곡곡으로 삼촌을 찾아다니다가 돌고 돌아 도착한 곳은 결국 이모들 곁이었다. 할머니는 지쳤고, 세월을 감당하지 못했고, 그래서였을 것이다. 말을 완전히 감추었다.

전화번호도 모르는 종수를 가만히 기다릴 수만은 없는 노릇이었다. 나는 병원 문을 열고 들어가 접수처로 향했다. 간호사는 할머니의 짐은 잘 보관하고 있지만 아직 정산을 하지 않았다고 말했다. 간호사에게 병원의 후문이 있느냐고 물었다. 문은 오직 하나며 엘리베이터는 지하 일층 주차장으로 통한다고 했다. 순간적으로 천장의 CCTV를 쳐다보았다. 종수는 화장실이나, 비상구 계단, 혹은 옥상에 있을지도 몰랐다. 간호사에게 사정을 설명하며 종수의 행방을 찾을 수 있게 도와달라고 요청했다. 하지만 간호사는 당사자에게 전화하거나 입구에서 조금만 더 기다려보라고 건조하게 답해왔다. 신경질적으로 들려오는 타자기 소리가 나를 밀어내고 있었다. 나는 다른 카드를 꺼내어 계산을 마치고 짐을 건네받았다. 할머니의 짐은 연분홍 크로스백 하나였다.

병원 입구는 어두컴컴했다. 간혹 사람이 드나들기도 했는데, 당직 간호사나 요양보호사로 보였다. 나는 종수가 얼른 나오길 바랄 뿐이었다. 그러다 종수가 이미 지하 주차장의 출입로로 빠져나간 건 아닌지 의심이 들기 시작했다. 열쇠는 종수에게 있었고, 우리 집을 기억하고 있는 건지도 몰랐다. 만약 집 안에서 종수를 만난다면 어떻게 해야 할지 알 수 없었다. 만나지 못하는 게 더 큰 문제일 것이었다.

나는 병원 외벽을 빙 돌아 골목으로 들어섰다. 가로등이 아슬아슬하게 희뿌연 빛을 품고 있었다. 무엇도 변한 게 없는 골목길이었지만 낯선 풍경처럼 어색했다. 삼촌을 찾아 헤맨 할머니는 기어코 이 골목에 발길이 닿았을 것이다. 어떤 심정이었을까. 딸네들이 품은 소원함을 어떻게 마주했을까. 이제는 누구도 물어볼 수가 없었다.

현관문은 잠겨 있었다. 다시 골목을 돌아 나오려는데, 어두워서 지나쳤던 고동색 평상이 그제야 보였다. 평상은 내가 떠나기 전 그대로였다. 색이 조금 옅어졌지만 다리는 아직 튼튼해 길목에 쉼터로 적당했다. 할머니도 여기에 앉았을 것이었다. 나는 평상에 앉아 할머니가 남긴 가방을 열어 보았다. 빛바랜 자주색 지갑과 안경집이 보였다. 지갑에는 빳빳한 부적이 한 장 들어 있었고, 신분증을 꽂는 칸에는 사진이 한 장 끼워져 있었다. 열 살 정도 되어 보이는 종수가 장난기 가득한 표정으로 웃고 있었다. 할머니의 지갑을 이 모들도 들춰보았을 터였다. 지폐가 무슨 소용이며, 돈이 무슨 소용일까. 할머니에게는 무용한 지갑이었다. 대신 할머니는 매일같이 자기 얼굴을 들여다보듯 지갑을 열어 종수를 살폈을 것이다. 종수의 걸음과 종수의 책가방과 종수가 겪을 농담 같은 밤들을 걱정하며.

종수가 두 돌이 되던 해, 삼촌과 숙모는 차를 이끌고 부산까지 내려와 우리 집에서 며칠을 보내다 갔다. 아기의 넓적한 얼굴은 할머니와 똑 닮아 보였다. 나는 기어다니는 종수의 엉덩이를 꼬집어 울리기도 하고, 와락 안아주기도 했다. 몇 해를 그렇게 왕래하다가 삼촌이 잠적한 이후로는 소식마저 끊겼다. 그게 다였다. 그런데 나는 왜 이렇게 종수에게 화가 나 있는 걸까. 다만 이 순간만큼은 그애가 내 앞에 나타나길 바랄 뿐이었다. 삼촌을 대신하여 상주 노릇을 하고, 이모들을 위로하고, 희극인의 꿈을 품으며 제 길을 가면 그뿐이었다. 나는 엄마에게 전화를 걸었다. 종수가 혹시 장례식장에 왔는지 물어보려는데 엄마가 말을 가로챘다.

"삼촌 막 도착했다."

엄마의 목소리 너머로 곡소리가 들리고 있었다.

"금방 갈게요."

엄마와 나는 전혀 다른 대화를 주고받은 채 전화를 끊었다.

오는 길을 고스란히 되돌아가자 병원 앞에서 전자담배를 피우는 종수가 보였다.

"어떻게 된 거야."

종수는 서둘러 신용카드와 열쇠를 내게 건넸다. 오해의

여지를 없애고 싶었던 모양이었다.

“할머니 한 분이 빤히 보며 손짓하시기에, 가봤어요. 나를 안다고, 아주 잘 안다고, 기택이가 아니냐고요. 그래서 기택이 아들이라고 했죠. 그러자 할머니가 우시는 거예요. 기택이가 왔다고. 너희 엄마가 얼마나 기다렸는지 아느냐고요. 그러다 갑자기 네가 정말 기택이가 맞냐고. 기택이는 춤을 최고로 잘 추었는데 하시잖아요.”

종수는 담배연기를 내뱉고 다시 말했다.

“그래서 춤을 췄어요.”

그 사실이 황당하면서도 웃겼던지 저 스스로 피식 웃었다.

“긴 춤을요.”

이번에도 그랬다. 나는 종수가 얼렁뚱땅 웃어넘기려는 순간들에 화가 났다.

“너희 아빠 온 거 알아?”

내 말에 종수의 표정이 굳어버렸다. 나는 그 표정 너머의 생각을 읽고 싶었다.

이내 종수는 대수롭지 않다는 듯 애써 미소를 머금었다.

“그럼 전 가볼게요. 누나가 이것 좀 전해주세요.”

종수는 상주 완장이 붙은 상의를 내게 건넸다.

“여기까지 왔는데 만나봐야지.”

“아니에요. 아빠가 미워서 그런 게 아니에요.”

“그럼?”

종수는 무언가 말하기가 두려운 듯 보였다.

"가방은 챙겨가야지."

상주 방에는 내가 구석에 놓아둔 종수의 이스트 백이 있었다. 할머니의 가방도 아직 내게 있었다. 종수는 잠시 고민하는 듯 보였다. 나는 종수의 팔을 붙잡았다.

"헬로우올린. 그건 삼촌이 나에게 냈던 문제야. 바이올린의 반대말이 뭐냐고."

내 말에 종수는 어색하게나마 웃어 보이려 했다. 선천적으로 다정한 아이였다.

나는 종수에게 할머니의 크로스백을 건네줬다. 할머니의 유품을 받아 든 종수는 병원의 흰 외벽으로 시선을 돌렸다.

"나는 바이내린이라 하려고 했어요."

"그거나, 그거나."

나는 종수에게 한 걸음 더 다가갔다.

"종수야."

어디선가 달려온 응급차 한 대가 교차로를 급히 빠져나갔다. 사이렌 소리는 이명처럼 귓속을 어지럽혔지만 도로는 이내 고요해졌다. 어린 종수가 칭얼대던 수년 전의 기억이 옅은 바람처럼 찬찬히 밀려들더니 한 시절의 풍경이 눈앞에 차올랐다. 나는 그애에게 나지막이 말했다.

"향을 꺼뜨리면 안 되잖아."

종수는 이내 아이처럼 울었다.

무명의 사람들

경두는 그애가 나타나지 않길 바랐다. 부를 호칭도 마땅찮았다. 송 사장이 대뜸 전화를 걸어 자신의 조카를 직원으로 채용해줄 수 없느냐고 물었을 때, 경두는 어물쩍 넘기려 했다. 아는 사람과는 되도록 얽히기 싫었다. 진짜 조카인지도 알 수 없었다. 터미널은 쉽게 인연이 맺어졌다, 끊어지는 곳이었다. 하지만 자판기 대여업을 하는 송 사장은 터미널 상가번영회의 이사직을 몇 해나 지냈으며 경두의 거래처 대부분이 그녀의 관할에 있기에 거절하기 힘들었다. 경두는 기다리는 동안 사무실에서 뽑아온 몇 장의 이력서를 훑어보려 했지만, 눈길은 자꾸만 식당 문을 향했다.

"사람이 쉬이 정이 붙나. 왜 자꾸 내치는가."

상주 이모는 쟁반에 음식을 담아 나오며 말했다.

"내가 아니라, 애들이."

"뭐가 다를까봐서."

경두는 쉬는 날 없이 문을 여는 상주 식당에서 끼니를 해결하고, 매달 1일과 15일에는 식대를 치렀다. 터미널에서 삼락천 방향으로 한참 외떨어진 식당이었다. 터미널 인근 식당은 조합을 형성해 엇비슷하게 가격을 인상하곤 했지만, 상주 이모는 그대로 두었다. 간판도 메뉴판도 십 년 전과 같았다. 칠이 벗겨진 상아색 내벽과 나무 탁자의 낙서, 물컵, 수저, 밥그릇까지. 경두가 이모에 대해 아는 것은 외동아들과 자신의 나이가 엇비슷하다는 정도였다.

"한 병 달아주십쇼."

이모는 못 들은 척, 맞은편 의자에 앉았다.

"다 안 마실 테니까."

"서운해하지 말고 그냥 다른 데서 잡숴."

경두는 성큼 일어나더니 냉장고에서 소주를 한 병 꺼내왔다. 이모는 모른 척 TV 쪽으로 돌아앉았다. 경두는 물잔에 소주를 반쯤 따라서 단번에 들이키더니 이력서를 펼쳐 들었다. 노란 셀로판지를 붙여둔 식당 유리창에 가을 해가 듬뿍 들었다. 볕이 좋은 십일월 아침이었다.

경두가 소주를 석 잔째 마시고 있는 참에 식당 문이 열렸다. 그 여자애가 분명했다. 경두는 슬쩍 손을 들다 말았다.

"안녕하세요. 정미란입니다."

미란이 고개를 숙여 인사하는 동안 경두는 굳게 붙은 입술을 가까스로 떼어 미란이라고 말해보았다. 갈수록 누군가의 이름을 외우는 일은 쉽지 않았다.

"반가워요. 미란 씨, 그래서 송 사장이……."

경두는 잠시 말을 삼켰다. 쓴 물이 식도를 타고 올라오는 듯했다.

"란이라고 불렀나봐요."

"말 편하게 하셔도 돼요. 이모님과 오랜 지인이라 들었습니다."

경두는 겸연쩍게 웃었다. 지인이라니. 송 사장과는 알음알음 인사를 주고받는 사이였다. 서로를 사장이라고만 불렀지 이름도 몰랐다. 안다고 해도 누이뻘 되는 사람에게 이름을 부르기도 민망한 일이었다.

어느새 상주 이모가 밑반찬을 더 내어왔다. 이모는 반쯤 남아 있는 소주병을 홱 낚아채더니 주방으로 들어갔다. 굳어 있던 미란의 표정이 옅어지는 걸 경두는 느꼈다. 붉은빛이 두 볼에 스몄다.

"이력서를 준비하지는 못했습니다."

미란의 눈길은 경두가 테이블 위에 올려둔 몇 장의 이력서에 닿아 있었다.

"그래, 우리 회사가 뭘 하는 회사인지는……."

경두는 의도적으로 말끝을 흐리는 습관이 있었는데, 그사이 상대를 관찰하려 들었다. 미란은 눈치껏 고개를 끄덕였다.

회사라고 부르기에 민망할 만큼 소규모였지만 경두는 자부심이 있었다. 사상구 식당에 들어가는 중국산 김치는 죄다 자신이 공수하기 때문이었다. 중국의 김치 제조회사에서 보낸 컨테이너가 부산 신항으로 운송되면 곧장 트레일러에 실려 엄궁 농산물도매시장으로 들어왔다. 초기에는 상인연합회에서 중국산 야채 불매운동을 빌미로 경두를 내쫓으려 했다. 하지만 소상인들 위주로 저렴하게 공급하다 보니 주문하는 사람들이 늘게 되고 유통도 점차 활발해졌다. 터미널을 중심으로 활로를 튼 경두는 차근차근 입지를 다져갈 수 있었다.

틈을 둔 후 경두는 업무와 급여에 대해서 짧게 설명했다. 미란의 표정이 좋아 보이지만은 않았다. 주문을 접수하고 영수증을 처리하는 단순 업무라고 해도 충분치 않은 급여라는 것은 경두도 알고 있었다.

"급여는 삼 개월 지나고 나면 올려줄 수 있어요."

미란이 쉽게 입을 열지 않자 경두는 말 중에 실수를 한 건 아닌지 돌아보게 되었다.

"숙소도 마련해주신다고 하셔서요. 보증금과 월세가 얼마인지 여쭤봐도 괜찮을까요."

"월세, 그렇죠."

경두는 말끝을 흐렸다. 미란의 말투나 억양은 이곳 사람들에게는 이방인처럼 보이기에 충분했다. 경두는 그 사실을 잘 이해하고 있었다. 경두는 미란을 힐끔 보았다. 송 사장이 언질 준 것보다 훨씬 딱한 상황인지도 몰랐다. 경두는 선뜻 말을 잇지 못했다. 이제 막 스무 살이 된, 아직 소녀라고 불러도 될 만한 미란은 낙동강대로 옆 허름한 백반집에서 면접 보는 자신을 상상해본 적이 있을까. 회사에 사람이 급한 것은 사실이었다. 송 사장의 면도 있고 하니, 몇 개월 일을 가르쳐보는 것도 나쁘지 않을 것 같았다. 경두는 고심 끝에 입을 열었다.

"당분간 회사 사무실을 쓰는 건 어떨까 싶어요. 원룸식이라 혼자서는 지낼 만할 겁니다. 사무실이니 월세는 내가 내고요, 우린 현장에만 있지 사무실로 가진 않아요."

미란의 눈이 동그래졌다. 경두가 내보인 호의에 적잖게 놀란 눈치였다. 경두는 분위기를 달리하며 이력서 한 장을 내보였다.

"이 친구가 현장 매니저로 같이 일하게 될 것 같아요. 의령에서 멜론 농사를 하다가 온 모양인데, 여기 터미널로 들어와서 아직 일을 못 잡고 있다네요. 이런 친구에게는 시작이 중요하죠."

경두는 더 잴 것도 없다는 듯 이력서의 전화번호를 눌렀다.

"삼락 김치 배달 대표 김경두라고 합니다."

경두는 미란을 앞에 두고 한참이나 자신을 소개해야 했다.

다음날 경두는 두 직원을 데리고 사무실로 향했다. 농산물도매시장을 마주한 오피스텔 건물이었다. 401호 사무실에는 책상, 의자, 컴퓨터, 프린터, 캐비닛, 냉장고, 싱글 침대가 빽빽하게 들어차 있었다. 경두는 빈집에 들어온 부동산 중개인처럼 거침없었다. 커튼을 걷어 일조량을 확인하고, 싱크대 수압을 점검하고, 스위치를 껐다 켜며 전구에 이상은 없는지 손수 점검해 보였다. 하지만 두 신입의 시선은 때가 탄 벽지와 들뜬 장판, 한쪽 팔걸이가 부러진 의자, 책상의 절반을 차지하는 뚱뚱한 모니터를 거쳐 그 옆에 놓인 작은 액자를 살피고 있었다. 경두는 황급히 액자를 집어 품 안에 숨겼다.

"서 주임하고 나는 사무실로 출근하는 건 아니니까, 앞으로는 정 주임이 알아서 쓰면 될 겁니다. 서 주임이 한 번씩 전표를 떼러 가야겠지만 미리 연락을 꼭 하고, 예의를 갖추도록 해요. 보다시피 규모가 작은 회사라 누구 한 명이라도 문제가 생기면 유지되기 힘드니까. 서로 도울 일은 적절하게 도울 수 있으면 좋겠어요."

경두는 열쇠를 미란에게 건네고 서둘러 사무실을 빠져나갔다.

삼락 김치 배달에는 두 명의 주임이 생겼다. 경두와 진수는 탑차를 타고 거래처를 돌았고, 미란은 사무실에서 행정을 맡았다. 운전은 진수의 몫이었다. 경두는 이력서에 적힌 트럭 운전 경력이 마음에 들었다. 의령 사내는 왼쪽 코 아래에 손톱만 한 점이 박혀 있고, 얼굴은 검게 그을려 인상이 강해 보였다. 또래들과 달리 외모에 신경쓰는 것 같지 않았다. 키는 경두와 비슷했고, 체형도 다부진 근육질이었다. 대화할 때는 수줍어하지도, 함부로 행동하지도 않았다. 경두가 일의 강도를 확인차 묻자 거래처를 돌고 김치를 배달하는 건 어려운 일은 아닌 것 같다고 말했다. 아직 컨테이너가 들어오기 전이었다. 수요에 맞춰 보름에 한 번 컨테이너가 들어왔다. 김치 배달의 핵심은 컨테이너에서 냉장 차량으로 김치를 옮기는 일이었다. 컨테이너가 들어오는 날이면 두 명의 일꾼을 불러야만 했다. 김치 박스를 컨테이너에서 룰렛 위로 굴릴 사람과 탑차에서 받는 사람, 그리고 탑차의 바닥부터 정교하게 쌓는 사람의 합이 맞아야 했다. 김치를 잘못 굴려 박스가 바닥에 떨어지면 속이 터져 상품이 되지 못했다. 일꾼들이 상품을 상하게 하면 박스 개수만큼 일당에서 제할 수 있었다. 그런 이유로 일꾼들은 일당보다 배로 몸값을 불렀고, 경두로선 그 돈이 늘 아쉬웠다. 경두는 차라리 월급을 더 주더라도 매니저를 잘 키워 컨테이너 관리와 김치 배송까지 맡기고 싶었다. 하지만 여간 어려운 일이 아니라는 건 누구보다도 잘 알고 있었다. 컨테이너의 김치 박스를 탑차에 옮기는 일을 하고서도 진수가 버틸 수 있을지 경두는 확신할 수 없었다.

첫 주는 순조롭게 진행되었다. 일주일 치 전표를 진수가 받아 나오면 탑차는 식당을 돌았다. 진수는 부산에 대한 것들이 궁금할 법도 한데 딱히 물어오는 건 없었다. 웬만해선 말을 걸지 않았다. 경두는 그 점이 마음에 들었다. 진수가 내비게이션을 따라 운전하고, 경두는 보조석에서 지름길이나 정차하기 좋은 곳을 알려주었다. 탑차에서 허리를 주의하며 박스 나르는 방법을 일러주었지만, 진수는 이미 제 나름의 기술을 익힌 듯 보였다. 진수는 김치 한 박스가 멜론 여섯 수를 담은 박스보다 가볍다고 말했다. 운전 실력도 상당했다. 커브를 돌 때는 몇 미터 더 간 뒤에 유연하게 핸들을 돌려 안정적이었다. 경두는 기어를 바꾸는 것이나 브레이크를 밟는 것만 보고도 이 친구만큼은 신뢰해도 된다는 느낌을 받았다.

진수는 일주일이 지나도록 숙소를 구하지 못한 모양이었다. 경두는 오후 6시가 되기 전에 진수를 터미널 모텔촌 앞에 내려주었다. 그리고 미란에게 전화를 걸어 하루치 거래량과 적재 물량을 확인했다. 미란은 주문이 들어오면 보관된 박스 개수를 확인한 후 일정표에 기록하고 거래명세서를 작성했다. 미란은 경두가 취약한 인터넷에도 능숙했다. 오픈 예정인 식당의 정보를 찾아 미리 정리해두기도 했다. 미란은 효율적으로 업무를 처리해나갔다.

미란이 직원으로 일한 지 열흘이 지나서야 송 사장에게

연락이 왔다.

"연극을 하셨다죠?"

경두에 대해 조사라도 한 말투였다. 터미널에서는 비밀이 없었다. 그렇다고 해서 속을 드러낼 까닭이 있는 것은 아니었다.

"한때죠, 다."

경두가 차갑게 대꾸했기 때문인지 송 사장은 한층 부드러워졌다.

"제가 자판기 하면서 제일 힘들었던 때가 지폐 크기가 바뀌었을 때예요. 기계 전체를 바꾸려면 만만찮게 돈이 들었거든요. 그래서 이제 그만둬야겠다, 누구에게라도 넘기고 다른 사업을 해야겠다고 생각했어요. 그런데 한 보육원에서 전화가 온 거예요. 매일 저녁이면 애들이 줄을 서서 코코아를 뽑아먹는 바람에 분말이 일찍 떨어진 것 같다고요. 되도록 빨리 좀 채워달라고요."

송 사장은 그 보육원에서 미란과 인연을 맺게 된 모양이었다. 미란은 대학에 갈 마음이 애초에 없었기에 수능을 치지 않았고, 보호 종료가 된 이후에는 어디든 취직할 의지를 보였다. 하지만 사정은 녹록하지 않았고, 결국 송 사장이 나서게 된 것이었다. 송 사장은 미란이 동생들을 챙기면서 지내 성품이 바르고 사리 분별이 되기에 많은 것을 배울 수 있는 회사에 보내고 싶었다며 은근히 경두를 추어올렸다.

"그애가 열여섯 살쯤 배우가 되고 싶다고 한 적이 있었어요. 오래전이지만 그애 눈에는 나에게 없는 것이 있었어요. 하지만 내가 돌려준 대답은, 그래요, 1초도 안 걸렸죠. 그때만 해도 당연하다고 생각했어요. 그런데 말이에요, 안 돼,라는 말이 미란에게는 내성이 생긴 말이라서요, 곧장 받아들이더라고요. 아무렇지도 않은 척 연기를 했던 것 같아요. 이후로는 내가 안 된다는 것을 하지 않기 위해 사는 아이처럼 착하고, 바르게 컸어요. 그게 미안하고, 죄스러워서……."

전화를 끊기 전, 송 사장은 어려운 부탁을 들어줘서 고맙다고 말했다. 경두에게 미란을 부탁하고 이내 무례했다는 것을 알았지만 살다 보니 어쩔 수가 없는 일들이 있는 것 같다고도 말했다. 선의는 감추고 진심만을 말하는 송 사장의 말씨에는 품위가 묻어나왔다. 설령 그 말이 형식적인 것에 지나지 않았더라도. 터미널은 말이 돌고 돌아 누구라도 마음을 드러내기 쉽지 않은 곳이기도 했다. 경두는 그녀에 대해 조금은 오해하고 있었다는 것을 깨달았다.

매달 말일이면 경두는 모라중학교 건너편에 있는 이발소를 찾아갔다. 부산으로 내려온 이후 한 번도 거른 적이 없었다. 경두는 이발소 의자에 앉아 있을 때마다 이발사의 손에서 나는 묘한 냄새에 끌렸다.

젊은 시절 이발사는 가을부터 봄까지 통발 어선을 타고 낙동강 일대로 잉어잡이를 나갔고, 구포시장의 중탕 집에 팔아 돈을 모았다. 봄에서 여름은 재첩을 캤다. 그 시절 엄궁동 일대는 낙동강 최대의 재첩 산지였다. 물난리를 막기 위해 건립된 대저 수문이 낙동강 물길을 바꿔놓아 사상구 일대에는 재첩이 들어찼다. 작은 재첩을 모아 삶으면 사골을 곤 것처럼 희뿌연 국물이 우러났다. 새벽 물질을 마친 아낙들은 큰 냄비에 끓인 재첩을 양동이에 이고 골목골목을 누비며 아침을 알렸다. 이듬해 그는 결혼해서 아이를 낳았고, 이름을 순주(順走)라 지었다. 순풍을 안은 돛배라는 뜻이었다. 평화의 시절도 잠시, 도시개발과 산업단지 조성 정책으로 사람들이 점점 몰리기 시작했다. 연약지반에서 흘러내린 흙더미와 쌓여가는 분뇨, 공장 폐수, 잦은 홍수, 거슬러온 해수로 낙동강 하류가 병들기 시작했다. 재첩이 줄기 시작하더니 단번에 씨가 말라버렸다. 그 많던 잉어는 새끼조차 보이지 않았다. 그는 배를 팔고 모라동으로 이사 온 뒤에 군대에서 배운 이발을 연습해 이발소를 차렸다. 하굿둑이 준공된 1987년 가을이었다.

"밥은 챙겨 먹고 다니는가?"

이발소 문으로 바람이 훅 들어왔다. 문 앞에 걸어둔 풍경이 은은하게 울렸다.

"아버님, 재첩 잡는 집이 어디 있습니까?"

경두는 거울 속으로 이발사를 쳐다보았다.

"요즘 그 귀한 재첩이 어디서 난다고. 중국산으로 끓여 대는 통인데, 식당 장사론 안 되지."

경두는 이발사의 말에 별달리 대꾸할 수가 없었다.

"그 맛이 어디 그 맛인가."

이발사는 스펀지로 머리카락을 털어냈다. 경두는 어정쩡한 자세로 세면대까지 걸어가서 직접 머리를 감았다.

"자네, 재첩국이 생각나는 모양이군."

귓가로 떨어지는 물소리 때문인지 이발사의 말이 왕왕거렸다.

경두가 순주를 만난 건 단원 모집에 관한 벽보를 붙이러 다니던 대학로 시절이었다. 한 여자가 새초롬하게 벽보를 바라보는 걸 경두는 유심히 보았다. 신입 단원 면접에서 그녀를 다시 만나게 되었고, 그 순간 경두는 어떤 확신에 가득 찼다. 경두는 가방 안에 들어간 한 남자에 관한 모노드라마를 쓰고 있었는데 여배우를 등장시켜 그 남자를 가방 밖으로 나올 수 있게 결말을 고쳤다. 경두는 몇 번을 다시 쓴 창작극의 여주인공을 그녀에게 맡기기 위하여 단원 모두를 설득해야 했다. 그 과정에서 선배 배우와 피치 못할 충돌이 있었다. 1인극을 올리기 위해 기획된 연극이었으니, 예상된 갈등이기도 했다. 경두는 굽히지 않았다. 남자가 가방에서 나오지 않는다면 이 연극이 무슨 소용이냐는 말까지 뱉었다.

가방에서 나오는 계기가 꼭 저딴 여자여야만 하냐는 말에 경두는 선배의 멱살을 움켜쥐었다. 저딴 여자가 아니라, 사람이요. 선배는 저 둘을 내보내지 않으면 극단을 나가겠다고 엄포를 놓았다. 극단은 원년멤버를 포기할 수 없었다. 결국 경두의 연극은 무대에 올라가지 못했다. 머지않아 둘은 혜화동 연립주택에 방을 한 칸 얻어 동거를 시작했고, 별이 맑은 어느 날 부산으로 향했다.

경두는 칠 년 동안 연극을 한다고 대학로를 전전했지만 무엇 하나 제대로 풀리는 게 없는 자신이 한심하게 느껴졌다. 무대라는 허상이 점차 두려워지던 시기였고, 현실은 이미 결말이 정해져 있는 무대와 다를 바 없다는 생각마저 들었다. 선배에게 따지듯이 대들며 이 연극이 무슨 소용이냐고 뱉었던 말은 정확하지 않았다. 경두는 연극이 다 무슨 소용이냐는 말을 하지 못한 걸 후회했다. 그러자 오직 순주만이 자신을 증명하는 유일한 존재인 것 같았다.

버스는 해가 질 무렵 터미널에 도착했다. 경두는 버스 문이 열리자마자 코를 틀어막았다. 쾌쾌한 쉿내, 물비린내, 정화조 냄새가 섞여 콧속이 마비될 지경이었다. 순주는 해가 지는 쪽이 낙동강이라고 말하며 온화하게 웃었다. 경두는 순주의 미소 너머로 펼쳐진 짙은 노을을 바라보았다. 거기엔 새로운 삶이 기다리고 있었다.

둘은 농산물도매시장 맞은편에 원룸을 구해 살았다. 순

주는 이발소의 잡일을 돕기 시작했고, 경두는 건설 현장의 막일을 가리지 않았다. 이발사가 소개한 김치 회사 사장은 이발소의 오랜 단골이었다. 경두는 특출한 경력이나 재주를 가지고 있지 않았다. 희곡을 몇 편 쓰고, 무대에 선 경험이 전부였다. 하지만 사장은 다부진 체격에 흐릿하게 흰 얼굴, 곱상한 서울말에 비위 좋은 성격을 가진 이 사내의 눈빛이 마음에 들었다. 경두는 주문부터 납품까지 하나하나 배워나갔다. 터미널이 확장되면서 식당가에 활기가 돌던 때였다. 저렴한 중국산 김치가 입소문을 타면서 주문이 늘기 시작했다. 그즈음 사장은 오랜 기간 준비했던 중국 사업을 위해 김치 배달회사를 자신이 신뢰하던 경두에게 물려줄 작정이었다. 순주는 경두를 위해 이발사의 집을 담보로 권리금을 마련했다. 비록 규모는 작지만, 경두는 엄연한 사업가가 되었다. 경두는 컨테이너를 한 달에 한 박스만 공수해 와도 벌어들일 돈이 지금 받는 것에 다섯 배가 넘는다는 것을 알게 되었다. 경두는 삼락 김치 배달이라는 새로운 상호를 걸고 명함을 만들어 곳곳에 뿌렸다. 거래처는 늘어갔고 대출금도 순식간에 갚아나갔다. 경두는 밤낮 가리지 않고 김치 사업에 몰두했다.

"물을 잠가야지 이 사람아. 젊은 사람이 정신머리하고는."

이발사가 나무라자 경두는 화들짝 놀라 수도꼭지를 잠

갔다. 이발사는 현관 앞으로 나가 담배에 불을 붙였다. 연기는 노을 사이로 퍼져나갔다. 경두는 해가 지는 순간이면 늘 순주의 미소가 떠올랐다. 낙동강 위로 해가 지고 있었다. 순주의 얼굴이 눈앞에 있는 듯 선명해졌다.

"할 말 있나."

이발사가 물었다. 경두는 젖은 수건을 반듯하게 접어 의자 위에 놓았다.

"순주가 졸업 공연 영상이 어딘가 남아 있을 거라고 말했던 게 생각나서요. 기억하시겠어요?"

이발사는 상념에 잠겼다. 한참 지나서야 담배를 끄고 남은 꽁초는 셔츠 주머니에 넣었다. 이층으로 올라간 이발사는 빛바랜 신발 상자를 가지고 내려왔다.

다음날 아침 진수는 경두가 미란에게 부탁한 물건을 가지고 나왔다. 경두는 미란이 사무실을 어떻게 쓰고 있는지 궁금했지만 무뚝뚝한 의령 사내와 대화하기란 쉽지 않아 보였다.

지난밤 경두가 사무실로 전화를 걸어 캐비닛 제일 아래 칸 서랍에 비디오 플레이어가 있는지 물어보았을 때, 미란은 적잖게 놀란 반응을 보였다. 퇴근 시간 후에 전화한 적은 없었기 때문이라고 경두는 생각했다. 이내 캐비닛 열리는 소리가 들렸다. 미란은 비디오 플레이어가 있다고 말했다.

미란의 목소리가 조금은 달라졌다고 느꼈지만 어떻게 달라진 건지 알 수 없었다. 경두는 미란이 새로운 보금자리에서 하루하루 적응해나가는 중이라고 짐작했다.

경두는 종이가방에서 비디오 플레이어를 꺼내어 보았다. 미란이 먼지를 닦아둔 모양이었다. 오래되었지만 작동될 터였다. 진수는 백미러와 사이드미러를 확인한 후 시동을 걸었다.

“올해 나이가 몇이라고 했죠?”

“스물다섯입니다.”

스물다섯. 경두는 다시 한번 그 말을 해보았다. 스물다섯 살은 경두가 처음으로 연극배우가 되겠다고 결심하던 때였다. 진수는 무뚝뚝하게 핸들을 돌리고 있었다.

오전 동안 탑차는 감전동 일대에 김치를 배송했다. 밤에는 컨테이너가 운반될 예정이었다. 바다 사정상 배가 언제 접안되는지 정확히 알 수는 없었지만, 자정쯤일 거라는 선주 측의 연락을 받은 터였다.

진수를 내려주고 곧장 집으로 돌아온 경두는 플레이어를 설치한 뒤 이발사가 전해준 비디오테이프를 집어넣었다. 요란한 소음이 나긴 하지만 기계는 아직 고장나지 않은 것 같았다.

어두운 배경 한가운데에 노란 조명이 번져나가다 이내

선명해졌다. 그곳은 성곽을 표현한 무대였다. 얼마 지나지 않아 왕자 햄릿과 함께 쪽빛 드레스를 입은 오필리어가 등장했다. 자신의 죽음을 예감하지 못하고 몹쓸 운명의 남자를 사랑한 이 여인은 낭랑한 목소리로 햄릿을 불렀다. 망령이 된 선왕이 허공을 떠돌았다. 관객의 환호가 사이사이 들려왔다. 고등학생이 준비한 것 치곤 제법 정교한 연출이었다. 녹화 상태도 깨끗했다. 다만 정신 나간 오필리어가 물에 빠져 죽자 이발사는 촬영을 중단해버렸다. 연극의 하이라이트인 햄릿과 레어티스의 결투가 벌어지기 전이었다. 배터리가 방전됐거나 테이프 분량이 차서 정지된 건 아닌 듯 보였다. 경두는 오필리어가 죽으면 끝나버리는 이 어설픈 영상을 몇 번이나 돌려보며 연극 속으로 점차 빨려들어갔다. 자그마치 이십 년도 넘은 영상이었다. 볼이 통통한 순주의 얼굴은 경두가 아는 모습이 아니었다. 완전히 모르는 사람 같았다. 사위가 어두워져갔지만 오로지 반복해서 재연하는 오필리어의 독백만이 경두의 두 눈을 사로잡고 있을 뿐이었다. 어느 순간부터 경두는 무대 위의 햄릿이 꼭 자신인 것만 같은 착각에 빠졌다. 아득하고 몽롱한 꿈같은 연극 무대에서 순주를 마주하고 있는 것이다.

오래 뵙지 못했어요. 그동안 안녕하셨어요.

오필리어가 사느냐 죽느냐로 고뇌하는 햄릿에게 다가가 인사를 건네는 바로 그 장면에서 경두는 정지 버튼을 눌렀다. 경두는 미란에게 전화를 걸었다.

"접니다. 김경두. 늦은 밤에 전화했어요."

"네, 사장님."

미란은 스치듯 짧게 답했다.

"배우를 꿈꿨다고 얘기 들었어요. 주제넘은 이야기인 줄은 알지만."

그때였다. 전화 너머로 누군가의 기척이 들려왔다. 미란은 난처하다는 듯 죄송하다는 말과 함께 전화를 끊었다. 경두는 전화를 건 의도와 달리 미란에게 무슨 일이 일어난 건 아닌지 걱정되었다. 만약 위험에 처했다면 죄송하다고 말하진 않았을 것이었다. 무엇이 죄송하다는 말인가. 소극적으로 살아온 미란의 입에 밴 말이었을까. 어떤 다급한 상황에 대한 불안 때문이었을까. 남자친구를 초대했는지도 몰랐다. 그런 것까지 경두가 관여해선 안 된다는 걸 모르지 않았다. 경두는 다시 전화를 걸려다가 이내 마음을 접었다. 대신 복잡한 감정을 감추지 못하고 담배를 물었다. 경두는 어떻게 하면 좋을지 지금의 자신은 잘 모른다는 것을 받아들였다. 모든 일이 그랬다. 이미 겪어본 일이고, 단순하게 해결할 것 같았는데 어느 하나 경두를 쉽게 놓아두지 않았다. 그저 받아들이기로 한 순간을 받아들이는 일밖에 할 수가 없었다.

컨테이너 트럭은 자정이 지날 무렵 농산물도매시장의

공터로 진입했다. 섭외해둔 일꾼들은 담배를 꼬나물고 있었다. 진수도 늦지 않게 도착했다. 그들은 서둘러 작업에 착수했다. 일꾼들은 컨테이너와 탑차 사이에 롤러를 연결한 뒤 진수에게 목장갑을 건넸다. 컨테이너 안에 자리잡은 일꾼이 진수를 붙잡고 요령을 가르쳐가며 일했다. 경두는 진수가 롤러 위로 굴린 박스를 받아 탑차 깊숙이 밀어주었다. 몇 년에 걸쳐 몸에 익은 일이었다. 비가 내려도 컨테이너 몇 채가 와도 경두는 이 일을 놓은 적이 없었다. 몸은 기계처럼 박스를 잡아, 정확한 장소에 놓길 반복했다. 사소한 감정이나 잡생각이 끼어들 여지는 없었다. 나머지 일꾼이 차곡차곡 박스를 쌓았다. 박스와 박스 사이에 리듬이 형성되자 속도가 나기 시작했다. 세 명이 하던 일을 네 명이 하게 되어 보다 수월했다. 누구도 말 한마디 꺼내지 않았지만, 노동의 침묵은 공백보다는 가득 찬 대화에 가까웠다. 경두는 컨테이너와 탑차 사이에서 조금씩 안정을 되찾아가고 있었다.

탑차 하나가 가득 차면 허리를 펴고 잠깐 숨을 돌릴 수 있었다. 경두는 준비해둔 다른 탑차의 문을 열고 다시 롤러를 설치했다. 그들은 묵묵히 김치를 옮겼다. 새벽 3시 무렵이 되자 상인들이 하나둘 시장의 불을 밝히기 시작했다. 신선한 야채를 싣게 될 탑차들이 줄지어 농산물도매시장으로 들어오고 있었다. 두 대의 탑차를 채우고 남은 김치는 냉동창고에 보관했다. 마지막 박스를 옮기자 일꾼들은 이번 직원만큼은 제대로 뽑았다며 칭찬을 늘어놓았다. 컨테이너를 모두 비울 때까지 진수는 힘든 내색을 보이지 않았다. 경두는 일꾼들에게 일당을 지급하고 진수를 커피 자판기 앞으로 데려갔다.

"컨테이너는, 할 만해요?"

경두의 물음에 진수는 고개를 끄덕였다.

"사장님."

의령 사내는 늘 말수가 적었다. 그런 그가 경두를 부르는 일은 드물었다. 하지만 다소 위축된 모습이었다. 경두는 코코아를 한 잔 뽑아 진수에게 건넸다. 진수의 입에서 하얀 김이 솟았다.

"석 달 치 월급을 미리 받을 수 있을까요? 방을 구하려면 보증금이 있어야 하는데 제가 가진 건 부족해서요."

경두는 한참 동안 진수의 눈빛을 살폈다. 힘겹게 꺼낸 말이라는 것을 알 수 있었다. 돈을 받고 잠적한다거나 일을 쉬엄쉬엄할 성격은 아니었다.

"서 주임은 무슨 이유로 부산까지 오게 됐어요?"

"여동생을 찾으러 왔습니다."

경두는 진수의 말을 기다렸다.

"그런데 이제 찾지 않아도 될 것 같아요."

"왜죠?"

"가족에게 말은 못했지만 여동생도 하고 싶은 일이 있을

지도 모르잖아요. 삶이라는 게."

진수는 이런 말이 자신과는 어울리지 않는다는 것을 뒤늦게 눈치챘다는 듯 거기서 말을 멈췄다.

"삶이라는 게?"

경두가 되물었다.

"집으로 돌아가봤자, 멜론을 만지게 될 게 뻔하잖아요."

진수는 어색하게 미소를 머금고 있었다. 이제 보니 아직 아이 같은 얼굴도 보였다.

"그렇다면 그 많은 멜론은 누가 다 처리하죠? 서 주임마저도 여기 와 있으니."

진수는 경두의 말이 잘 이해가 안 된다는 표정이었다.

"아버지께서 늘 말씀하셨어요. 누가 하나 없다 해도 세상은 무심하게 잘도 돌아간다고요."

경두는 허탈하게 웃었다. 진수에게 완전히 마음이 열리고 말았다.

진수는 잠깐 틈을 둔 후 말했다.

"열심히 하겠습니다."

"서 주임은 나를 믿나요? 나는 서 주임에게 믿음이 가는데."

진수는 그 질문이 무엇을 뜻하는지 골똘히 생각하는 얼굴이었다.

"혹시 정 주임의 친구 관계를 알고 있을까요. 뭘 좀 물어보려고 전화했는데, 친구가 놀러 온 건 아닌가 싶기도 해서요. 놀러 온다는 게 잘못됐다는 게 아니라, 어떤 친구들을 만나는지 궁금하기도 해서요."

경두는 구차하다시피 구구절절 말했다.

진수의 얼굴이 점점 굳어져갔다. 진수는 거친 숨을 두 번 몰아쉬고는 이내 경두를 정면으로 쳐다보았다.

"제가 찾아갔습니다. 얘기를 조금 하고 싶었어요. 비슷한 상황이라고 생각했거든요. 그때 마침 전화가 왔는데, 사장님께서 한 건지는 모르고 있었어요. 전화를 끊은 뒤에 모두 설명해줬어요. 어떻게 이 회사에 오게 된 건지요. 대학 갈 돈을 마련하고 싶다고 했어요. 주변에 계신 분들이 자기를 걱정하고 있어서 지금은 누구와도 대화할 상황이 아니라고, 미안하다고 했습니다. 하지만 제게도 좋은 감정이 있다고요, 함께 오랫동안 일하고 싶다고 말해줬어요. 정미란 주임에게는 잘못이 없습니다. 다 제 잘못입니다."

전화 너머로 기척을 내보이던 사람이 다름 아닌 진수라는 사실에 경두는 몹시 놀랐다. 진수의 말이 진심이라는 것을 알 수 있었다. 하지만 밤중에 사무실로 찾아갔다는 건 쉽사리 이해되지 않았다. 당장에 쫓아버릴 수도 있었다. 진수의 말을 믿자면 미란은 분명한 처지를 밝혔고 아무런 일도 일어나지 않았다. 앞으로도 그럴 것이었다. 그렇지만 경두는 어떤 대답도 하지 못했다. 경두는 진수를 택시에 태워 보냈다.

김치를 가득 실은 트럭은 어두컴컴한 도로를 질주했다. 중요한 것은 미란이 처한 마음의 상태였다. 만약 진수를 회사에서 내보내게 된다면 미란은 어떤 반응을 보일지, 그게 아니라면 두 직원을 어떤 방식으로 보듬어야 할지 경두는 알 수 없었다. 듬성듬성한 가로등만이 어두운 거리를 가까스로 비추고 있을 뿐이었다. 순간적으로 핸들을 꺾었지만 위협받는 차는 없었다. 주변에 누구도 없다는 실감이 경두를 고독하게 만들었다.

경두가 도착한 곳은 상주 식당 앞이었다. 아침이 오기에는 이른 시간이었지만 달리 갈 곳이 떠오르지 않았다. 새벽의 찬 공기가 사정없이 경두를 찔러댔다. 어느 순간 상주 식당의 철문이 활짝 열렸고, 불쑥 이모가 나왔다. 이모는 문 앞을 두리번거리다 김치 트럭 안에 있는 경두를 발견했다. 이모는 경두를 식당으로 이끌었다.

이모는 따뜻한 물 한 잔을 테이블에 놓아두고 주방의 불을 켰다. 경두는 잔을 움켜쥐고 손을 녹였다. 규칙적인 도마질 소리에 경두의 마음이 차분해졌다. 잠이 덜 깬 고양이가 마루 아래서 기어나왔다. 그동안 식당 안에서 고양이를 본 적은 한 번도 없었다. 탁자 다리 옆에 누운 고양이는 턱을 열고 고개를 치켜세우며 긴 하품을 했다. 이모가 쟁반을 들고 나왔다. 여태껏 상주 식당에서는 볼 수 없었던 음식이었다.

이모는 냉장고에서 소주를 꺼내어 경두의 잔에 가득 따라주었다. 경두는 소주를 마셨다. 몸속 깊은 곳에서부터 열이 올라왔다. 경두는 숙주나물을 집어 입에 넣었다. 고소하면서도 간간했다. 이모는 찐 생선의 살을 발라 경두의 밥 위에 올려주었다. 직접 담근 김치를 북북 찢어내 숟가락 위로 올려주기도 했다. 경두는 시금치, 고사리, 톳나물을 하나하나 집어먹었다.

"상주 말이네. 십이 년 됐지. 슈퍼 간다고 나갔다가 돌아오질 않더라니. 어데 행방이나 들었으면 좋겠는데. 원래 정신이 좋은 애는 아니었네. 장가도 못 든 놈이 사람은 또 좋아해 늘 따라다녔으니까. 전국을 수소문하다가 가게를 하나 냈네. 터미널 뒤에. 앞쪽으론 돈이 부족해 안 되었고. 조금이라도 터미널 가까이 두면 지가 안 찾아오겠나 싶었던 게야. 이미 죽었으면 혼이라도 와서 밥 먹고 가라고, 저 이름으로 간판도 안 달았는가. 상주가 집 나간 게 딱 어제였네. 제사는 지내지도 않는데 음식은 매년 하네만. 문밖에 누군가 서성이는 느낌에 난 또 그놈아가 온 것일까 싶었네."

경두는 목구멍이 막혀왔지만, 음식이 담긴 그릇을 천천히 비워나갔다. 어느새 아침이 밝아오고 있었다.

식당을 나선 경두는 터미널로 걸어가며 진수에게 전화를 걸었다. 무슨 말을 해야 할지 몰랐지만 어떤 이야기라도 나누면 좋을 것 같았다. 진수는 받지 않았다. 이 도시를 떠날 생각을 하고 있는지도 몰랐다. 경두는 송 사장과 나눈 문자 메시지를 살펴보았다. 송 사장은 경두에게 곧잘 미란의 안부를 물어왔었다. 왜 미란에게 직접 연락하지 않았던 건지 이제는 알 것 같았다. 미란은 경두와 송 사장이 주고받은 짧은 메시지 속에서 이 세계에 적응해가는 중이었다. 나름의 방식으로, 잘해내고 있는 것이다.

순주는 중환자실에 입원할 때까지 경두에게 병명을 숨겼다. 이발사 역시 마찬가지였다. 순주는 온 힘을 기울여 자신의 마지막 연기를 펼쳤다. 그 무대에는 경두만이 홀로 텅 빈 객석을 지키고 있었다.

지난밤, 미란에게 전화를 걸었을 때 경두가 하고 싶었던 말은 흔해 빠진 그저 그런 말이었다. 좋은 배우가 되려면 좋은 가면을 가져야 한다고. 산다는 건 흰 가면에 표정을 그려 나가는 일이라고.

어디선가 나타난 사람들이 경두의 곁을 스쳐 지나갔다. 십일월의 찬 공기에 사람들의 옷이 두꺼워져 있었다. 김장철이 되면 중국산 김치는 수요가 줄기 마련이었다. 경두는 이 도시에서 얼마나 버텨낼 수 있을지 알 수 없었다. 때가 되면 자신이 그랬던 것처럼 김치 사업을 누군가에게 물려주고 싶었다. 오래된 직원이라면 마음이 놓일 것 같았다. 그러고 나면 돌아가게 될 곳은 어디일까. 경두는 당장에 생각의 폭을 넓혀가선 안 된다는 것을 알고 있었다. 마음먹은 대로 되지 않는 게 인생이었다.

"당신은."

목소리의 주인은 경두였다. 경두는 순주가 연극 무대 위에서 뱉어야 했던 이 대사를 되돌려주고 싶었다. 경두는 오래된 나무 벤치 앞에 서서 아래를 내려다보며 말했다.

"당신은 내게 전부이거나."

터미널 앞을 지나가는 사람들이 경두를 힐끔거렸다. 경두는 한 번 더 외쳤다.

"당신은 내게 전부이거나 아무것도 아닌 사람이기도 해요."

대사를 마친 경두는 밝아오는 하늘을 올려보았다. 눈이 깊은 배우가 무대 위의 조명을 아득하게 바라보는 듯.

날개를 활짝 펼친 새 한 마리가 터미널 위를 날아갔다. 다른 한 마리가 같은 방향으로 날아갔다. 이내 새 떼가 거대한 군단을 꾸려 날아가고 있었다. 정류소 앞으로 버스가 한 대 멈춰 섰다. 버스에서 내린 사람들은 각자의 걸음으로 흩어졌다. 경두는 사람들 사이에 스며들어 터미널의 풍경이 되었다. 이른 아침 터미널에는 누구도 서로의 이름을 부르지 않았다.

가방 안에 들어간 남자

괘종시계 옆에 장식장처럼 놓인 진갈색 가죽 가방은 사람이 들어가기에 넓은 편은 아니었다. 가방을 확인한 고객들은 조롱 섞인 말투로 비웃거나 화를 내기도 했다. K는 덤덤하게 가방 안에 들어가는 방법을 설명했다. 의심을 멈추지 않으면서도 그들은 가방에 들어가기 위해 몸을 한껏 웅크렸다. 강요는 없었다. 사라지고 싶다는 의지가 그들을 유연하게 만들었다.

문—K는 가방 뚜껑을 문이라고 불렀다—을 닫고 지퍼를 잠그면 가방은 먹이를 삼킨 뱀처럼 부풀어올랐다. 하지만 실제로 부풀어오른 건 K의 기분이었다. 다시 가방의 문을 열어 보면, 아무런 흔적을 찾아낼 수가 없었다. 가방이 고객을 먹어버렸다고 단정할 수도 없는 노릇이었다. 가방에게는 이빨이나 소화기관이 있는 것도 아니었고, 게다가 무엇도 배설하지 않았다. 엄밀히 말해 그들이 죽은 거라고 단정할 수는 없었다. 다른 차원의 세계로 들어가버렸는지도 모를 일이었다. 가방 안이 어디로 통하는지는 K도 전혀 알 수가 없었다.

황혼 무렵이면 새들이 울었다. 새들의 울음이 가방 안에서 웅크리고 있는 K를 깨웠다. 다른 나무에 둥지를 튼 새들도 이 시간만큼은 하나의 나무로 모여들었다. 나무는 새들을 보듬기에 크고 단단했다. 나무는 새들에게 의자이자 침대이며 통로였다. 새들은 울고, K는 울지 않았다. 가방 안에서라도 울어본 적이 없었다.

K는 아버지가 남긴 집에 혼자 살고 있었다. 고즈넉한 정원이 있는 독채였다. 회갈색 외벽은 사람 키보다 높고, 정원 가운데 심어진 한 그루의 회화나무는 벽보다 높았다. 여름이면 순백의 꽃잎이 가지마다 한 아름씩 달렸다. 차고가 열리는 순간을 제외하면 집은 요새처럼 차단됐다. 곳곳에는 CCTV가 설치되어 있었다.

정원 관리는 토요일마다 K가 직접 했다. 나뭇잎과 나뭇가지는 쓸어담아 가방에 집어넣었다. K는 쓰레기봉투를 사본 일이 없었다. 분리수거도 할 필요가 없었다. 가방은 무엇도 거부하지 않았다. 가방이 삼키지 못하는 유일한 대상은 K뿐이었다.

서재 책장 맨 아래 칸에는 삼십 년이 지난 백과사전이 꽂혀 있었다. 검은 판지를 덧댄 양장본이었다. 돈이 필요할 때면 한 권씩 꺼내어 커버를 벗겨내기만 하면 됐다. 커버는 순금 위에 판지를 덧댄 것이고, 백과사전은 열일곱 권이나 남아 있었다.

K는 아버지가 어떻게 돈을 벌어 집을 마련했는지 알고 있었다. 아버지는 몇몇 정치인의 후견인으로 평생을 살아온 황 어르신의 비서였다. 아버지는 때때로 사람을 자동차 트렁크에 집어넣었고, 집으로 데려온 이후에는 가방에 넣었다. 몇 차례 경찰의 의심을 사기도 했지만 어떤 증거도 발견되지 않았다. 황 어르신마저 실종된 이후 아버지는 여러 정치인으로부터 스카우트 제의를 받았지만 모두 거절했다.

하루는 아버지가 K를 불러서는 황 어르신 댁에 자동차를 돌려주고 오라고 시켰다. K는 차 트렁크에 묵직한 물건이 있다고 느꼈지만 차를 세워 열어 보지는 않았다. 아버지는 K가 나간 사이에 회화나무에 목을 맸다. 만개한 꽃잎이 태양에 녹아내릴 것만 같던 8월의 오후였다. K의 아버지는 회화나무에 꽃이 필 무렵이면 집 밖으로 나가지 않았다. 나무 아래 의자에서 책을 읽거나, 책을 무릎 위에 놓아두고 가만히 있었다. 온종일 앉아만 있는 아버지는 나무 같기도, 가방 같기도 했다. 아버지는 K가 심부름을 하는 동안 자신의 물건과 입고 있던 옷까지 모두 가방에 넣어버렸다. 아버지는 나신으로, 주먹을 쥔 채로, 숨을 거뒀다. 주먹을 쥐고 숨이 다하길 기다리기란 쉬운 일이 아니라는 걸 K는 알고 있다. 아버지의 서재에는 자살에 관한 책이 있었는데, 목을 매는 건 1장에 상세하게 서술되어 있었다. 아버지는 가방 앞에서 책망과도 같은 의식을 치른 것만 같았다.

집으로 돌아온 K는 곧장 경찰에 신고했다. 경찰은 아버지를 나무에서 끌어내렸다. 그중 한 사람은 K를 껴안아주기도 했다. 그가 바로 백 형사였다. 부검은 하지 않았다. 경찰은 정권이 바뀐 이후의 정치적 압박이 아버지를 궁지로 몰았다는 추론을 냈다. 하지만 K는 그럴 리가 없다는 것을 알고 있었다. 아버지가 평생에 압박을 느낀 것은 오직 가방뿐이었다. 가방이 아버지를 숨막히게 했고, 죽음에 이르게 했다는 것을 K는 알고 있었다. 그런 사정과는 별개로 가방은 늘 그 자리에서 입을 벌린 채로 누워 있었다.

K가 운전했던 차 트렁크에는 사라진 자들의 구두가 들어 있었다. 황 어르신의 구두를 포함해 열세 켤레였다고 경찰은 밝혔다. 아버지는 구두를 숨기느라 분주했을 것이었다. 왜 구두마저 가방에 넣지 않았는지, 여태껏 어디에다 숨겨두었는지 K는 알 수 없었다. 아버지는 언제나 바빠 보였고, 보이는 것보다 더 바빠서 만나기조차 힘이 들었다. 그런데도 집안일은 혼자 다 해내었다. 이제 그 일을 직접

해야 한다고 생각하자 K는 숨이 막혔다. 할 수만 있다면 집을 통째로 가방에 넣고 싶었다. 하는 수 없이 K는 가방 안으로 들어갔다. 가방 안에서는 조금도 움직일 수가 없었다. 웅크린 채로 한참을 버텨도 아무런 변화가 없었다. 가방은 아버지도, K도 허락하지 않았다. 아버지도 그 사실을 알고 있었는지 K는 궁금했다.

집은 압수수색을 당했다. 경찰은 집요하게 K를 심문했다. K가 황 어르신의 차를 마지막으로 운전했기 때문이었다. K는 아버지의 심부름을 했을 뿐이라고 말했다. 그들은 장례식장에도 찾아왔다. 하지만 무엇도 발견하지 못했다. K는 아버지가 남긴 유서를 가지고 있었다. 유서는 K에게 남기는 것처럼 보였지만 실은 가방의 다음 주인에게 남기는 게 분명했다. 그건 마치 설명서 같았다. 이를테면 첫째, 사람을 넣어선 안 됨.

가방이 삼킨 것을 분류하자면 70퍼센트가 사람이었다. 나머지는 편지, 일기장, 카메라, 노트북 등 기록물이었다. 사람도 하나의 저장소로 놓고 본다면 가방 안으로 들어간 사람들은 저마다의 기록과 기억을 동시에 지우고자 시도한 셈이었다.

K는 법을 집행하는 재판관이 아니었다. 자살을 돕는 조력자도 아니며 악인을 심판하는 영웅도 아니었다. 선택된 자들을 가방으로 이끄는 건 바로 가방이었다. 모든 일은 가방과 그들의 소통 속에서 이루어졌다. K는 입구를 지키는 문지기일 뿐이었다.

K가 가방에 무엇인가를 넣어본 것은 일곱 살 생일날이었다. 부드럽지만 차가운 가방의 감촉을 K는 지금까지도 기억할 수 있었다. K의 아버지는 가방이 어디에서 왔고, 누구의 것이었으며, 어떤 이유로 아버지가 보관하게 된 것인지 말해주지 않았다. 이 가방에는 무엇도 넣어서는 안 된다는 명령만 내렸을 뿐이었다.

그럼 가방이 아닌데요.

K가 말했다.

그래, 이건 가방이 아니다.

아버지는 단호했다. 하지만 그건 손잡이가 달린 커다란 진갈색 가죽 가방일 뿐 다른 무엇도 아니었다. 그날 밤 K는 새끼 고양이 나비를 껴안은 채로 가방 앞에 섰다. 나비는 K의 손등을 핥고 있었다. K는 결심한 듯 가방 문을 열었다. 그리고 가방 안에 나비를 집어넣었다. 나비는 잽싸게 뛰어올라 가방 안을 빠져나갔다. 침대 밑에 들어간 나비는 좀처럼 나오지 않았다. K도 나비도 포기하지 않았다. 마침내 K의 손에 붙잡힌 나비는 발톱을 내민 채 발버둥 쳤다.

잠깐이면 돼.

울음소리가 점점 사나워졌다. K는 나비를 가방에 넣자마자 문을 닫았다. 나비는 몸을 튕기며 가방의 문에 부딪혔다. K는 서둘러 지퍼를 잠갔다. 수백 개의 갈고리가 촘촘히 맞물리며 완전히 잠겼다. K는 가방에서 느껴지는 나비의 발광에 무언가 잘못되었다는 것을 깨달았다. K는 서둘러 지퍼를 열고 가방 문을 들어올렸다. 하지만 가방 안에는 나비도, 나비의 울음도, 나비를 긴장하게 한 공포도 없었다. 거기에는 정말이지 아무것도 없었다.

K의 손등이 붉게 달아올라 있었다. K는 나비가 할퀸 상처를 혀로 핥았다. 이내 가방에 넣을 다른 것을 찾기 시작했다.

수능을 앞둔 최 군은 자신이 만들어낸 캐릭터 리아를 더는 견디지 못했다. 처음으로 리아의 이름을 만들어낸 연습장과 볼펜, 스케치북에 그려놓은 몽타주와 실루엣, 인화된 브로마이드, 리아에 관한 모든 정보가 저장된 휴대전화를 없애달라는 게 최 군의 요청이었다. K는 이런 것들을 없애버린다고 해서 과연 리아가 최 군의 머릿속에서 사라질지 의문이었다. 그런데도 K가 최 군에게 흥미를 느낀 것은 자신이 리아를 낳은 어머니라고 말했기 때문이었다.

K의 어머니는 여간해서는 말이 없었고, 그래서 먼저 묻는 일도 없었다. 가방에 대해서 의문을 가지고 있는 사람도 어머니가 아닌 아버지였다.

당신, 이 가방이 무엇인지 아시오?

어머니는 고개를 흔들었다.

누구에게도 말하면 안 되오.

어머니는 고개를 끄덕였다.

나는 가방으로 무엇이든 사라지게 할 수 있소.

어머니는 아버지가 시킨 대로 어린 K가 품에 안고 있던 곰 인형을 가방 안에 집어넣었다. 아버지는 지퍼를 닫았다가 여는 단순한 행위만으로도 어머니를 겁에 질리게 했다.

이것으로 돈을 벌 작정이오.

어머니의 심장이 점점 빠르게 뛰었다. 그제야 어머니는 남자 형사가 자신을 찾아온 이유를 알 것만 같았다. 어머니는 K를 안고 아버지에게서 도망치려 했지만 실패했다. 아버지가 어머니를 가방 안에 넣는 모습을 K는 기억하고 있었다. 아버지는 경찰에 전화를 걸어 실종신고를 했다. 이후 아버지와 관련된 사람들이 하나둘 사라져가는데도 경찰은 단서를 잡지 못했다. 그것이 가방의 힘인지 황 어르신의 힘인지 K는 알지 못했다. 다만 유서의 둘째 줄에는 이렇게 적혀 있었다. 누구에게도 가방에 대해 말하지 말 것. 아내라 할지라도.

이건 아버지의 실패담이었다.

최 군과 K는 서신을 통해서 서로의 입장을 주고받았다. 최종적으로 최 군은 K의 개인 사서함으로 물건을 보내왔다. K는 최 군의 물건을 하나씩 가방에 넣으며 영상으로 기록했다. 마지막으로 리아의 이름이 빼곡하게 적힌 연습장을 집어넣었다. K는 가방의 지퍼를 닫았다. 드르르르륵. 지퍼가 잠기는 소리는 여전히 익숙해지지 않았다. 잠시 후 지퍼를 열었을 때 가방에는 어떤 것도 남아 있지 않았다. 가방은 주어진 임무를 성실히 수행했다.

K는 가방을 촬영한 영상을 최 군에게 전달했다. 최 군은 감사의 답장을 보내왔다. 편지에는 K가 리아를 사라지게 함으로써 리아의 존재가 비로소 완성되었다고 적혀 있었다.

오직 존재하는 것만이 사라질 권리를 가질 수 있으니까요.

K는 최 군의 문장을 오래도록 생각했다.

백 형사가 찾아온 건 회화나무에 꽃이 필 무렵이었다. 백 형사의 머리카락은 하얗게 새 있었다. 아버지가 백 형사를 극진히 대했다는 것을 K는 기억하고 있었다. 아버지는 백 형사와 함께 나무 아래에 앉아 차를 마시곤 했다. K는 둘이 대화를 나누는 것을 본 적이 없었다. 그저 나무를 바라보며 서로의 속내를 살피고 있었는지도 몰랐다.

나무가 계속 자라고 있구나.

백 형사는 담배를 입에 물었다. 주머니를 뒤졌지만, 라이터가 없는 모양이었다.

의자도 그대로고.

어쩐지 형사님께서 오실 것 같아서요.

백 형사는 입에 물고 있던 담배를 떨어뜨렸다. 그는 담배를 줍지 않았다.

술래잡기를 계속하자고?

술래잡기라뇨.

K의 대꾸에 백 형사가 온화하게 미소 지었다. 그 바람에 순간적으로 K는 가방에 대해 모두 털어놓을 뻔했다. 하지만 K는 이 같은 감정도 일시적이라는 것을 알고 있었다.

술래가 있기는 했었던가.

백 형사가 대답을 바라고 한 말이 아니라는 것을 K는 알고 있었다. 혼잣말이었거나, 나무를 향하여, 혹은 아버지에게 하는 말일 것이었다.

책을 빌리려고 들렀네.

어떤 책 말씀이시죠?

어느덧 K의 목소리에 날이 서 있었다. 하지만 백 형사는 예민하게 받아들이지 않는 것 같았다.

자네 아버지가 나에게 남긴 책들 말이네. 언제든 빌려가라고 했다네.

K는 자연스럽게 행동하려고 애썼다.

물론이죠, 백 형사님. 그런데 오늘은 조금 힘들 것 같습니다.

백 형사도 호락호락하게 넘어가지 않았다.

나는 네 아버지의 유일한 지기였어.

그 말에는 K도 웃음을 감추기가 힘들었다.

아저씨가 아버지에게 놀아난 거죠, 뭐.

그런 식으로 말하지 마. 네 아버지는 나에게 모든 걸 고백했어.

K는 정신이 번뜩 들었다.

예?

백 형사는 K가 본능적으로 뱉은 외마디의 되물음을 신중하게 받아들이는 듯했다. 베테랑 형사의 본능이었다. K는 백 형사가 이 집을 방문했다는 사실을 다른 누군가가 알고 있을지 생각하게 되었다. 아무도 없다고 해도 위험한 정황을 만들 수는 없었다.

네 아버지는 황 어르신의 심부름을 완벽하게 해냈지. 그런데 말이다, 황 어르신의 차를 마지막으로 운행한 사람은 바로 자네란 말이야. 트렁크 안에 무려 열세 켤레의 신발이 들어 있었잖은가. 자네 아버지가 그들을 어디에 묻었는지 나는 몰라. 바다에 던져버린 건지도 모르지. 어떤 정황도 없어. CCTV도, 운행기록도, 범행장소와 시간, 목격자 모두 없다고. 하지만 자네는 달라. 아버지와는 다르잖아. 그렇지 않아?

K는 백 형사의 눈동자를 살피고 있었다.

네 아버지와 나는 이 나무 아래서 차를 마시곤 했지. 어린 자네는 정원을 뛰어다니며 떨어지는 나뭇잎을 잡으러 다녔고. 기억하지? 그렇지?

K는 고개를 끄덕였다. 동시에 괘종시계 옆에서 아우성치는 것만 같은 가방 안에 누구라도 넣고 싶은 충동을 억눌렀다.

그런데 왜 나에게 아무런 말도 해주지 않는 거니?

그 순간 K는 모든 의심을 거둬들일 수 있었다. 백 형사는 여전히 아무것도 모르고 있다는 확신이 들었다.

할 말이 없으니까요.

K는 진솔하게 답했다.

자네 아비는 눈치가 없었어. 목이 마르다고 해야지만 물을 내오는 사람이었다네.

그제야 K는 차를 준비하겠다고 말했다.

허허, 됐네. 됐어. 억지로 받아먹을 수는 없지 않겠는가. 자네도 나도 요령껏 하세나. 담배는 다음에 피움세.

백 형사는 K의 얼굴을 한참이나 바라보더니 기어코 자리에서 일어났다. K는 그가 나가는 길을 배웅했다. 백 형사는 뒤를 돌아 회화나무를 다시 쳐다보았다.

나뭇잎은 결국 나무 아래로 떨어지더구나.

백 형사는 나뭇가지의 끝을, K의 아버지가 거기 걸려 있는 마냥 한참이나 바라보았다.

K는 느낄 수 있었다. 백 형사가 K에게 내보인 부드러운 미소는 자신의 인생을 바쳐 찾아다녔던 술래에 대한 반가운 감정이라는 것을.

백 형사가 떠나고 난 이후로 K는 좀처럼 잠들지 못했다. 가방 안에 무언가를 넣어야 할 때가 온 것이었다. 그건 가방의 갈증이었다. 가방과 자신은 무언가로 연결되어 있다고 K는 생각했다.

세탁기 수리공이 방문한 건 목요일 오후였다. 수리공은 하얀 와이셔츠에 남색 넥타이를 한 삼십대 중반의 남자였다.

세탁기가 고장나서 얼마나 불편하셨습니까.

그는 K에게 명함을 건넨 후 넥타이를 셔츠 주머니에 구겨 넣었다. K는 명함을 보았다. 사원 김준기.

이 세탁기는 유물에 가깝네요. 지금까지 고장 없이 썼다는 게 신기할 정도입니다. 똑같은 모델은 이제 나오지 않습니다만, 아니, 그렇게 말한 건 세탁기를 그대로 가져가셔서 박물관에 보관할 수 있을 정도로 오래되었다는 말이고, 수리야 제가 해두면 완벽하게 새 걸로 바뀔 겁니다.

김준기는 양팔을 말끔하게 걷은 후 세탁기 앞에 섰다. 세탁기의 화면에는 K가 본 적 없는 일련의 기호가 나타나 작동되지 않는 상태였다. 김준기는 큰 문제가 아니라는 듯 세탁기의 뒷면을 뜯어내어 수도꼭지와 연결된 호스를 분리했다. K가 빤히 보고 있는 게 신경이 쓰였던지 그가 주춤했다. K는 그를 계속 지켜보았다. 숨을 들이마신 그는 입에 호스를 물고 힘껏 불었다. 팽팽한 그의 볼이 점점 빨개졌다. 숨을 마시고 다시 불고, 마시고 불고. 네댓 번 세차게 불자 호스에서 구정물이 역류했다. 호스를 물고 있었기에 혀끝에 닿았을 것이 분명했다. 조금 삼켰는지도 몰랐다. 그는 침을 뱉거나 입을 헹구지 않았다. K는 그의 와이셔츠와 남색 넥타이를 다시 보았다. K는 창고로 가선 물건들을 훑었다. 은색 삽이 눈에 들어왔다. 그는 여전히 호스에서 솟아오르는 물을 세숫대야에 받아내고 있었다. 바로 뒤까지 다가간 K의 그림자가 그의 온몸을 덮었다. 그는 K를 쳐다보거나 의식하지 않았다. 묵묵히 해야 할 일을 하고 있을 뿐이었다. K는 그의 머리를 삽으로 내리쳤다. 그가 쓰러지며 호스를 놓쳤다. 솟구친 구정물이 그의 와이셔츠를 적셨다.

그날 오후 K에게 걸려온 전화는 세탁기 회사의 안내원이었다. 안내원은 서비스 향상을 위해 통화를 녹음해도 되느냐고 물었다. 물론이죠, K가 말했다. 안내원은 K에게 서

비스 점수를 물어보았다. K는 줄 수 있는 최하의 점수를 주겠다고 말했다.

그분은 아무런 잘못이 없어요. 다른 사람이 받아야 할 나쁜 점수를 대신 받은 겁니다. 운이 없었을 뿐이죠.

K는 재빨리 전화를 끊었다.

세상에는 사라져야 하는 것들이 있기 마련이었고, 가방은 그런 것들을 삼켜버렸다. K는 아버지가 한 일이 시시하기 짝이 없는 일인 것만 같았다. 가방은 블랙홀 같은 우주의 비밀을 밝힐 수 있을 만한 귀중한 연구 자료가 될 수도 있을 것이었다. 그런 걸 정치에나 이용하다니. 유랑극단에 들어가서 가방 쇼를 한다든지, 도서관의 책들을 매일 가방 크기만큼 없어지게 하는 일도 생각해보았지만, 결국에는 정치보다 더 시시해 보였다. 아버지는 어쩌다가 회화나무에 목을 매다는 지경까지 간 것일까.

K는 거실 한구석에 놓인 가방을 내려다보았다. 가방 속에는 K가 알던 모든 것이 들어 있었다. 불현듯 자신이 아버지에 이어 가방의 하수인이 되었을 뿐이라는 자조적인 생각이 솟구쳐올랐다. 그들 부자(父子)는 가방에게 모든 것을 내주었다. 하지만 가방은 무엇도 되돌려주지 않았다. 앞으로도 그럴 것이다. K는 가방을 회화나무 아래까지 끌고 갔다. 나무에 몸을 숨겼던 새들이 분주히 달아났다. 회화나무

의 꽃잎이 느리게 떨어졌다. 하늘은 붉게 물들어 있었다. 가방이 K에게 준 것이라고는 이렇게나 넓은 집과 그보다 넓은 가방 안 세계였다. 그곳에서 K는 혼자였다. K는 가방의 손잡이를 낚아채어 대문 밖까지 끌고 나갔다. K는 가방을 내버려둔 채 대문을 닫았다.

K는 서재에 앉아 책을 뒤적이며 밤을 보내려 했다. 하지만 두세 페이지를 채 넘기지도 못하고 CCTV에 눈길을 뺏기게 되었다. K는 낡고, 흉물스러운 이 굶주린 가죽 가방을 누구도 들고 가지 않을 거라고 확신했다. 가방에게 자신의 존재를 보여주고 싶었을 뿐이었다. 그러나 K는 가방을 버린 이후 온종일을 초조하게 보냈다. 동시에 짜릿한 해방감을 느끼기도 했다. K는 가방이 무언가를 뉘우치길 바랐다. 하지만 그것이 과연 무엇인지는 자신도 알지 못했다.

가방이 사라진 것은 사흘 만이었다. 막상 가방이 곁을 떠나가자 K는 먹먹해졌다. K는 CCTV를 돌려보았다. 가방의 다음 주인은 수레를 끌고 나타난 노파였다. 노파는 힘겹게 가방을 옮겨 빈 수레에 실었다. 수레는 가방을 싣기에 딱 맞는 크기였다. 마치 가방을 옮기기 위해 고안된 수레라고 해도 좋을 정도로 빈틈이 없었다. 가방을 담는 가방 같기도 했다. 노파가 가방의 비밀을 알아내는 건 오래 걸리지 않을 것이었다. K는 노파의 반응이 궁금해졌다. 하지만 그런 의문조차 의미 없는 일이 되어버렸다. 가방은 이제 K를 떠났고, 그건 여러모로 잘된 일인지도 몰랐다.

K는 가방이 놓여 있던 자리에 가방의 크기로 웅크린 채 잠을 청했다. 이 순간에도 가방은 수레의 속도만큼 멀어지고 있을 것이었다. 한 평도 되지 않는 공간에서 세계가 조금씩 사라지고 있었다니. K는 여전히 잠들지 못했다.

K가 가방의 행방을 알게 된 건 그로부터 몇 주가 지난 후였다. 한 사진작가가 인터넷에 올린 사진이 돌고 돌아 K의 이목을 끌게 되었다. 사진 속 노파는 무릎까지 잠기는 얕은 바다에서 가방의 문을 열어둔 채로 위태롭게 서 있었다. 노파의 허리는 수레를 끌 때처럼 앞으로 굽어 있었고, 손잡이가 있는 빨간 바가지를 쥔 채였다. 노파가 어떤 연유로 그런 행동을 하고 있는지 사진작가는 알지 못하는 것 같았다. 다만 물을 퍼담는 노파의 완강하고 역동적인 몸짓이 무언의 고통을 견인한다고 적어두었다. 직사각형의 갈색 가죽 가방을 보는 순간 K는 당장에라도 그 가방을 제자리에 두고 싶어졌다. 가방 안에 들어가서 깊이 잠들고 싶었다. K는 사진작가의 홈페이지를 통해서 사진을 찍은 장소를 알아냈다. 그곳은 남쪽에 있는 작은 항구 마을이었다. K는 노파가 무엇 때문에 그 먼 항구까지 가방을 가지고 간

것인지 알 수 없었다. 늦지 않게 가방을 되찾아야 한다는 집념만이 차오를 뿐이었다.

다음날 이른 아침, K는 항구에 도착했다. 바다는 잿빛이었다. 해는 구름에 가려 보이지 않았다. 사방에서 바람이 불어왔다. 거친 파도는 밧줄에 묶인 배들의 밑바닥을 끝없이 핥아댔다. K는 긴 선창의 끝에 선 노파를 볼 수 있었다. 노파는 선창에서 이어지는 간이용 계단의 중간쯤 서서 바닷물을 가방 안으로 퍼 담고 있었다. 바가지를 놓치지 않으려고 안간힘을 쓰는 노파의 몸짓에는 사진작가의 설명과도 같은 완강함이 깃들어 있었다. 누구도 말릴 수 없어 보였다.

K는 노파가 안쓰러웠다. 바닷물이 가방에 가득 차면 노파는 문을 덮고 지퍼를 닫았다. 얼마 지나지 않아 노파는 다시 지퍼를 열고 가방 안으로 바닷물을 들이부었다. 노파는 바닷물을 한 바가지씩 퍼서 담았다. 하지만 그보다 먼저 파도가 노파를 휩쓸어갈 것만 같았다. 노파와 가방이 춤을 추듯 파도의 결에 휩쓸리기도 했다. 하지만 노파는 바닷물을 가방에 담는 무모한 행위를 멈추지 않았다. 노파의 행위는 비현실적이었다. 한낱 헛수고에 불과해 보였다. 부질없는 몸짓일 뿐이었다. 그 순간 어떤 계획 하나가 K의 온몸을 사로잡았다. 그것이 가방의 생각인 것만 같아 몹시 흥분되었

다. K를 이곳으로 이끈 건 다른 무엇도 아닌 바로 가방인 게 분명했다. 가방은 K를 간절히 기다린 것이었다.

K는 선창으로 달려가서 노파를 저지했다. K의 갑작스러운 등장에 화들짝 놀란 노파는 가방을 놓쳐버렸다. 가방은 파도에 실려 조금씩 떠밀려갔다. 어디에서 솟은 힘인지 노파가 K를 뿌리치고 가방을 향해 손을 뻗었다. 하지만 노파보다 K가 먼저 가방을 낚아챘다. 노파는 서슬이 오른 눈으로 K에게 달려들었다. 그렇지만 가방이 선택하는 자는 결국 자신이라는 것을 K는 확신하고 있었다. K가 노파의 배를 주먹으로 가격했다. 노파는 배를 감싸쥐며 고통스러워했다. 그 틈에 K가 가방을 짊어지고 계단을 올라갔다. 가방이 사라지자 망연자실해진 노파는 계단에 엉덩이를 깔고 주저앉았다. 노파는 이제 기운이 없어 보였다. 역동적인 모습은 사라졌다. 한순간에 벌어진 일이었다. 수레를 힘겹게 끄는 이전의 노파로 돌아가버린 것이다. 노파가 야윈 손을 가로저으며 K를 불렀다. 그 목소리는 파도의 거친 숨소리에 묻혀버렸다. 이내 높은 파도가 선창으로 몰아쳤다. 노파는 더 이상 K를 부르지 않았다. 바다가 노파를 삼킨다 해도 하는 수 없었다. 노파도 가방이 저지를 일에 찬성할 것이라고 K는 생각했다. K는 뒤돌아보지 않고 선창을 빠져나갔다.

가방은 본래의 자리로 돌아왔다. K는 아버지가 그랬던 것처럼 입고 있던 옷을 벗어서 가방에 집어넣고 지퍼를 닫았다. 가방은 옛 주인을 반기는 듯 제 몫으로 주어진 옷가지를 단번에 삼켰다. K는 아버지의 유서를 이어서 쓰기로 했다. 그것은 가방에 관한 이야기였다. 그렇지만 누구도 이 글을 보게 되는 일이 없기를 바랐다. 그건 K가 하고자 하는 일이 실패했음을 의미하기 때문이었다.

K는 유서를 반듯하게 접어 가방 앞에 두었다.

가방은 다소 상자처럼 보이기도 하지만 어디까지나 가방일 뿐이었다. K는 자신을 가방 안에 사는 남자라고 소개하기도 했다. 사람들은 K의 느긋한 미소 앞에 좀처럼 긴장을 덜 수 있었다. 괘종시계 옆에 가구처럼 배치된 가방을 보고 나면 '바로 저 가방인가요?' 물으며 살펴보기도 했다. K가 가방 안은 더없이 편안하다고 말해주면 사람들은 직접 지퍼를 열어보며 비웃기도 했다. 이런 보잘것없는 갈색 가방이라니.

이 가방에는 출구가 없습니다.

K의 말에는 어떤 악의도 없었다. 사람들은 시답잖은 표정을 지으면서도 스스로 가방 안으로 들어갔다. K는 그들 중 한 명이라도 되돌아 나오길 바랐다. 단 한 명이라도.

K는 가방을 들어 거꾸로 눕혔다. 그리고 안감이 바깥으로 나오게 가방을 뒤집었다. 가방의 안감을 꺼내는 일은 쉽지 않았다. 그렇지만 불가능하지는 않았다. 결국 손잡이는 안으로 들어가버렸고, 안감은 바깥 가죽이 되었다. 안과 밖이 뒤바뀐 가방은 그저 오래된 가죽 가방이었다. K는 어떠한 의식도 없이 가방 안으로 들어갔다.

K는 가방에 들어간 다른 사람들처럼 깍지 낀 양손 안에 무릎을 모아 넣었다. 직사각형의 진갈색 가죽 가방은 사람이 들어가기에 넓은 편이 아니었다. K는 숨을 내쉬며 몸을 조금 더 웅크렸다. K는 발끝에 놓인 지퍼를 머리 위까지 단단하게 잠갔다. 바깥의 빛이 조금씩, 이내 완벽하게 차단되었다. 가방 안에서는 아무것도 보이지 않았다. 무슨 소리도 들리지 않았다. 오직 K의 숨소리만이 아득하게 들려왔다.

눈을 감자 K는 한참을 아래로 가라앉는 것만 같았다. 가방 밖 세상은 어떻게 바뀌고 있을까. 안이라고 해야 할지도 몰랐다. K는 가방이 세상을 삼켜버리길 기대했다. 그것이야말로 가방이 존재하는 이유인 것만 같았다. K는 이제 지구에서 살아남은 유일한 생명체는 자신일 거라고 믿었다. 어쩌면 가방은 지구마저도 삼켜버렸을 것이었다. K는 가방의 바깥이 암흑으로 뒤덮이는 상상을 했다. 가방의 바깥이 우주의 바깥이라 해도 상관없었다. K는 이 세상과 영원히 결별하길 원했다.

어느새 깊이 잠든 K의 눈가에는 눈물이 고여 있었다. 눈물이 뺨으로 채 흐르기 전에 물컹한 무언가가 K의 눈가를 핥아냈다. 그것은 나비가 내민 혀일지도 모른다고 K는 생각했다. K는 이 꿈에서 영원히 깨지 않기를 기도했다.

추억을 완성하기 위하여

*

다시 밤이었고, 나는 혼자였다.

윤 부장은 먼저 일어나려는 내게 술잔을 던졌다. 잔은 벽에 부딪혀 산산이 깨졌다. 그는 고개를 주억거리며 제대로 좀 하라고 말했다. 눈치껏 비위라도 맞추라는 말을 돌려한 것이었다. 후배 직원들이 서둘러 유리 조각을 치웠고, 윤 부장은 머리카락을 헝클이며 소파에 등을 기댔다. 나는 취한 척 바깥으로 나왔다. 그의 조언처럼 제대로 취한 척하지 않으면 안 되었다.

임 대리가 뒤따라 나오더니 윤 부장님이 전해주셨다면서 지폐 한 장을 주머니에 욱여넣었다.

"대리비 하시랍니다."

임 대리는 민망한 듯 지폐를 건넨 손을 얼른 감추며 돌아섰다. 모두가 돌아가야 했다. 그게 어디든 최선을 다해 제자리를 찾아가야 하는 밤이었다.

술기운 때문인지 길바닥이 기울어져 보였다. 대수로운 일도 아니었다. 두 손 모아 받아낸 술잔들, 추임새마다 격하게 끄덕이는 고갯짓, 혀끝에 걸린 아부 섞인 말들 모두 희한하게 기울어진 것들이었다. 하긴, 맨정신이라 해도 반듯한 날은 잘 없었다.

꼬깃꼬깃한 영수증을 내밀자 주차장 관리인이 오늘은 대리를 구할 수 없다고 말했다. 다정하다고 해도 좋을 친근한 말투였다. 껌을 질겅질겅 씹고 있었고, 한쪽 귀에는 은색 귀걸이를 했으며, 잔돈을 내어주는 손목 끝자락부터 일본식 문신이 팔에 덮여 있었다. 덩치는 제법 컸지만, 근육질은 아니었다. 그가 말을 걸지 않았다면 직접 운전해 돌아갔을 것이었다. 집은 멀지 않았고, 단속이 드문 도로였다. 더구나 그의 말처럼 대리기사가 쉽사리 잡히지 않는 금요일 밤이었다.

"전속 기사를 불러드릴까요? 요금이 조금 더 나오긴 하지만요."

주차장에는 드문드문 차가 세워져 있었는데, 관리인은 내가 타고 온 은색 세단을 물끄러미 쳐다보고 있었다.

"어디로 가실 거죠?"

나는 짐짓 고민하는 체했지만 그는 자신의 제안대로 될 거라고 확신하듯 이어 물었다. 만약 운전대를 잡았다간 그가 신고할 수도 있다는 데에 생각이 미쳤다. 이런 식으로 장사하는 부류인지도 몰랐다. 멈칫하는 사이에 그가 무전기를 들고 기사를 불렀다.

"그런데 그거 말보론가요?"

말 상대를 자처할 듯 보여 고개만 끄덕이고 재빨리 담배를 입에 물었다.

"전자담배 안 하시고. 라이터 귀찮지 않나요?"

왼쪽 볼에 흉이 깊게 패어 선입견을 줄 수 있는 인상이었지만, 구구절절한 말투에는 다정함마저 묻어나왔다. 기껏해야 한두 살 차이날까, 비슷한 나이대로 보였다. 나는 그의 시선을 외면한 채 연기를 내뿜었다.

"말보로 있잖아요. 몇 년 안에 연초 사업을 접는다, 뭐 그러더라고. 금연주의자들에게 못 이긴 모양인지……. 실은 전 담배 끊었습니다. 누가 시켜서 그런 건 아니지만요."

그는 껌 하나를 까서 입에 포개어 넣었다. 그는 대화를 더 나누고 싶은 듯 보였다. 나는 시계를 본 뒤 다시 담배를 물고 연기를 깊이 들이마셨다. 11시가 막 지나고 있었다.

"꼭 지배당하는 기분 들잖아."

나는 그가 반말하고 있다는 걸 뒤늦게 알아차렸다. 나는 예, 예 말하며 한발 물러섰다. 자칫 그의 말을 되받았다가는 담배의 효능과 맛에 대해 급기야 담뱃잎의 역사까지 훑어나 갈지도 몰랐다.

헐레벌떡 달려온 대리기사는 숨을 몰아쉬며 관리인과 작은 목소리로 대화를 나눴다. 대리기사라고 해서 특별한 복장을 갖춰 입을 필요까진 없겠지만 흙이 잔뜩 묻은 등산화를 신고 나타난 그를 보자 신경이 곤두섰다. 이제 와서 거절할 수도 없는 노릇이었다. 어찌 되었건 무사히 집에 돌아가기만 하면 되는 것이다. 나는 그에게 차키를 건넸다. 몸집이 왜소하고, 머리카락에 눈이 가려져 어딘가 음침한 기운이 도는 사내였다.

"천호 사거리라고 하셨죠?"

나는 고개를 끄덕이며 담배꽁초를 비벼 껐다. 주차장 관리인은 자신이 맡은 배역을 성실히 수행했다는 듯 자리로 돌아갔다.

기사는 능숙하게 차를 몰았다. 핸들링을 최소로 해 뒷좌석에서도 몸이 기울어지지 않았다. 첫 좌회전 신호를 기다리면서 그가 룸미러로 뒷좌석을 힐금거리는 게 느껴졌다. 나는 차창을 내렸다. 그가 말을 걸어온 건 그때였다.

"세상일이 마음대로 되는 게 잘 없지."

나는 다시 창문을 올렸다. 다시금 술기운이 올라와 어지러웠다.

"술을 많이 드셨나봅니다."

나는 낮은 소리로 네,라고 말을 흐렸다.

"이른 시일 안에 라이닝을 점검하시는 게 좋겠습니다."

그가 대화에 물꼬를 틀 요량으로 이어 말했다.

"브레이크 말입니까?"

하는 수 없었다. 내가 되물었다. 그는 자기 말을 확인해 보이려는 듯 브레이크를 두 번 천천히 밟았다. 신호가 없는 거리였고, 뒤따르는 차도 보이지 않았다.

"보세요. 미세하게 반응이 느립니다. 지금은 괜찮을지 몰라도 자칫 걷잡을 수 없이 밀려나는 수가 있어요."

그는 자신의 판단을 확신하듯 브레이크를 두어 번 꾹꾹 밟았다.

"예리하시네요. 전 전혀 느끼지 못했거든요."

그는 비아냥거리듯 대꾸했다.

"당연하죠. 제가 운전하고 있잖아요."

검은 스포츠카가 속도를 높이며 우측 차선으로 앞질러 갔다. 나는 이대로 돌아가서 잠을 자고 싶었다. 주말 내내 깨어나지 못할 정도로 깊은 잠을. 그러자 그런 상상에 반발이라도 하듯 윤 부장이 나를 향해 던졌던 유리잔이, 그 매끈한 곡선이 눈앞에 떠올랐다. 자칫 잘못했다가는 얼굴을 강타했을 것이었다. 어쩌면 그게 더 나은 결과로 이어졌을지도 몰랐다.

"아까 그 주차장 관리는 제 친굽니다."

그는 집요했다. 나는 담배를 물었다. 그가 느른하게 시가 잭을 매만지는 걸 봤지만 난 서둘러 라이터에 불을 붙이며 다시 창문을 열었다.

"이런 말씀 드리긴 그렇지만 저도 한 대 피워도 되겠습니까."

나는 그러라고 했다. 그는 전자담배에 전원을 넣고 대시보드 위에 올려두었다.

"이름이 태숩니다. 김태수요. 일이 워낙 안 풀려서 개명했지요. 이름을 바꾸고 나서도 줄줄이 곤두박질치긴 했어요. 별 수작 다 부려도 안 풀리는 놈은 안 되더라고. 유산을 제법 물려받아 다행이지, 안 그랬음……."

그가 혀를 차며 잠깐 말을 멈췄다. 귀찮아질 것 같았다. 멀지 않은 거리인데도 신호를 꼬박꼬박 지키며 운전해서인지 아직 절반도 채 오지 못했다.

"오늘 밤 그 친구를 처벌할까 해요."

나는 머금은 연기를 가득 삼켰다가 서서히 코로 내뿜었다. 연기는 창문을 넘자마자 흔적도 없이 흩어졌다. 그의 말을 이해하기 힘들었다. 발음이 어눌하거나 불분명한 것은 아니었다. 오히려 맑은 목소리라고 해야 할 정도였다. 그는 분명하게 처벌이라고 말했다. 더는 대꾸하고 싶지 않았지만, 우린 좁은 공간에서 한 방향을 바라보며 이동하는 중이었다. 그의 말처럼 운전대는 그가 잡고 있었다.

"무슨 잘못을 저질렀나보죠?"

룸미러로 그와 눈이 마주치는 바람에 무심결에 나온 말이었다. 후회가 앞섰다. 술이 몸을 통제할 때면 가장 먼저 나약해지는 건 혀였다.

"그럼요. 큰 잘못을 저질렀지요. 그쪽을 미행하라고 시켰거든요."

처음에는 그 말이 농담이라고 생각했다. 하지만 머리카락 사이로 언뜻 비친 기름한 눈에는 서늘함이 스며 있었다. 그는 안전벨트를 착용하고 있었고, 두 손 모두 핸들을 쥐고 있었다. 대시보드 위에는 전자담배가 놓여 있었고, 흉기나 위협적인 물건을 소지한 것 같지는 않아 보였다.

"염려 마세요. 그쪽을 해코지할 마음은 조금도 없으니까요."

"농담이라도 그쯤 해두시죠."

나는 그의 말을 단박에 끊었다.

전자담배의 LED 등이 빠르게 점멸했다. 충분한 준비가 되었다는 신호였다.

"그런데 트렁크에 뭔가 있나요?"

더는 말을 섞고 싶지 않았다.

"분명 뭔가 있는데. 되게 신경쓰이네."

내가 대답하지 않자 그는 서서히 속도를 올리기 시작했다. RPM 바늘이 순식간에 치솟았고, 차가 굉음을 내며 달려가기 시작했다.

"뭐 하는 짓이야."

그는 태연한 자세로 속도를 높여나갔다. 차체가 격하게 떨리자 등허리가 저릿하더니 머릿속이 뱅뱅 돌며 숨이 가빠왔다. 현기증이 일었다.

"세워, 세우라고."

나는 손을 뻗어 그의 어깨를 움켜쥐었다. 순간 그는 급제동을 걸었고, 차는 날카로운 금속성 소리를 내며 멈춰 섰다. 창문을 열고 싶었지만 버튼이 작동하지 않았다. 문도 열리지 않았다. 운전석에서 잠금장치를 걸어둔 모양이었다. 차는 도로 한복판에 멈춰 서 있었다. 곳곳에 CCTV가 달려 있을뿐더러, 차량 블랙박스도 작동되고 있었다. 술기운이 완전히 달아났다. 나는 침착해야 한다고 몇 번이고 되뇌었다. 이 작자가 원하는 게 무엇인지 알 수 없었다.

"이렇게 하죠. 차를 갓길에 세우겠습니다. 그리고 저는 트렁크 문을 열고 안에 든 게 무엇인지 확인하겠습니다. 그러면 모든 게 말끔히 해소되지 않겠습니까."

정중하다고 해도 좋을 말투였다. 두 손은 여태 핸들을 잡고 있었고, 입술을 넓게 퍼뜨려 누런 치아를 슬쩍 내보였다. 모든 게 그가 의도한 장면일 것이다. 어쩌면 내가 술을 마시는 동안 주차장 관리인과 대리기사가 계략을 짠 건지도 몰랐다. 그들은 앞유리에 부착된 스티커로 아파트 주소를 확인했을 것이다. 문득 목적지가 천호 사거리라는 걸 말하지 않았는데도 기사가 전해들었다는 듯 물어왔던 게 떠올랐다. 모든 게 술 때문이었다. 그들은 내가 차 키를 맡기고 술을 마시는 사이에 자동차 문을 열어 보았을 것이다. 트렁크에 이미 뭔가를 넣어둔 게 분명했다. 그 정도는 너무 쉬운 일이 아닌가.

"트렁크에 대체 뭐가 있단 말입니까."

나는 화를 내며 말했다.

"의심 살 만한 게 없다면 보여주면 되지 않겠습니까, 선생님."

그의 천연덕스러운 얼굴을 보자 이 밤이 길어질 거라는 예감에 사로잡혔다.

"트렁크를 보여줄 의무 같은 건 없어요. 이건 내 소유란 말입니다."

"그렇다면 영영 이렇게 지낸다는 겁니까."

"도대체 무슨 말입니까."

"나는 선생님이 어떤 범죄에 연루되어 있다는 걸 압니다. 그것도 아주 치명적인."

"무슨 말을 하건 상관없습니다. 당장 신고하기 전에 차에서 내려주시죠."

"다들 그런 식으로 잊어버리곤 하죠. 물론 그쪽 잘못이라곤 할 수 없어요. 죄책감을 없애려고 의식이 무의식을 억압하는 거니까요."

순간적으로 나는 웃음을 터트릴 뻔했다. 그가 외운 대사를 빠뜨릴까봐 조바심 난 아마추어 배우처럼 느껴졌기 때문이었다. 그러나 상황을 악화시킬 마음은 없었다. 금요일 밤이었고, 나는 몹시 피곤했다. 이제 집으로 돌아가 침대에서 잠들고 싶은 게 내가 원하는 전부였다.

"우선 갓길에 차를 대죠. 여기 이러고 있다가는 다른 사고가 날지도 모르고."

그는 이제라도 내가 상황을 이해한 걸 대견하게 여긴다는 듯 흡족해하며 가볍게 핸들을 돌렸다. 조금 신이 난 것 같기도 했다.

"선생님은 살면서 그런 적 없습니까. 다른 사람을 죽여봤다거나, 아니면 죽일 뻔했다거나."

그는 뻔뻔해져 있었다. 그의 말투가 모든 걸 증명했다. 어쩌면 그는 내가 생각하는 것 이상을 기대하는지도 몰랐다.

"돈이 필요하신 거라면."

그는 내 말을 조금도 견딜 수 없다는 듯 손바닥으로 입술을 가렸다. 그러나 결국에는 손바닥 사이로 웃음이 비어져나왔다. 막상 그가 웃는 것을 보자 웃음을 참으려 했다는 사실에 화가 났다.

나는 그에게 내가 먼저 트렁크 안을 확인해도 좋은지 물었다. 그들이 일을 꾸민 정황을 확보해야 했다. 그 틈에 시간을 벌 수도 있었다. 어쩌면 운전석에 앉아 있는 그를 제압할 수 있겠다는 생각마저 들었다. 그는 차 키는 자신에게 있으니 얼마든지 그러라고 말했다. 그제야 차 문의 잠금장치가 풀렸다.

"조심하세요. 자칫하다간 전부 잃어버리는 수가 있으니까요."

나는 그의 말을 못 들은 척 문을 열었다. 여름의 열기가 채 가시지 않아 미지근한 공기가 콧속에 들어찼다. 도로에는 아무도 없었다. 가로등만이 느슨하게 빛을 머금은 이슥한 밤이었다. 나는 경찰에 신고를 할 수도 있었고, 차를 두고 도망갈 수도 있었다. 하지만 나는 무슨 이유에서인지 트렁크를 열어보고 싶었다. 차 옆을 돌아 트렁크 앞에 섰다. 그가 룸미러로 나를 관찰하는 게 느껴졌다. 이내 딸깍 소리와 함께 트렁크 문이 열렸다.

*

나는 텅 빈 사물함 안을 바라보고 있었다. 슬리퍼 끄는 소리가 등 뒤에서 시끄럽게 들려왔다.

"너냐?"

두재가 사물함으로 고개를 들이밀며 물었다.

"너냐고."

"봐, 아니라고."

내가 눈을 부릅뜨자 두재는 나를 밀치며 손바닥으로 목을 졸랐다. 숨이 덜컥 막혔다.

"개기냐?"

나는 눈을 내리깔았다.

"무식한 새끼가."

두재는 사물함 문을 툭툭 치고 돌아섰다. 닫아도 좋다는 뜻이었다. 두재는 교실 여기저기를 거침없이 뒤지고 다녔다. 체육복이 없어졌기 때문이었다. 그 바람에 두재는 아이들을 일일이 심문해나갔다.

한참이나 체육복을 찾아다니던 두재는 결국 창가 옆 맨 아래, 아직 열어보지 않은 마지막 사물함 앞으로 다가섰다. 일이 심각해지고 있다는 것을 모두가 알았다. 그러면서도 다들 모르는 척 두재의 행동을 은밀하게 즐기고 있는 것 같기도 했다. 끝끝내 두재는 마지막 사물함을 열었다. 문이 열리자 물건들이 쏟아져나왔다. 사실 물건이라기보다는 쓰레기에 가까웠다. 그나마 형체를 알아볼 수 있는 것이라고는 신발주머니와 문제집, 리코더, 실내화 정도였다. 두재는 그것들을 발로 한 번 찼다. 신문지와 찰흙, 부러진 행글라이더와 사과 껍질이 나뒹굴었다. 두재는 그 사물함 안에 체육복이 없다는 걸 이미 알고 있었다. 두재는 반 아이들을 훑어본 뒤 "내꺼 본 사람?" 하고 물었다. 누구도 대답하지 않았다. 두재는 자신의 패거리인 광호와 형규를 데리고 교실 밖으로 나가버렸다. 그제야 아이들은 두재가 소란을 피우는 바람에 멈췄던 대화를 이어나갔다. 달라질 건 없었다. 그 사물함의 주인은 자신이 아니었고, 그들 중 누구도 체육복을 훔쳐가거나 숨겨두지 않았다. 모른 척하면 아무 일 없이 지나갈 그저 그런 순간이었다.

태명은 쓰레기와 다름없는 그 물건들을 사물함 안에 집어넣기 시작했다. 사과 껍질이나 굳어버린 찰흙은 휴지통에 버리는 게 나을 테지만 그러지 않았다. 나는 그런 태명의 행동이 견디기 힘들었다. 태명이 처음부터 두재의 표적이 된 건 아니었다. 두재는 장난삼아 아무 사물함이나 열어 쓰레기를 던져 넣었고, 청소 시간이면 사물함 주인은 그것을 꺼내어 직접 버렸다. 두재는 넣고, 우리는 치운다, 이 단순한 행위에 반 아이들은 점차 길들어져갔다.

나 역시도 처음에는 그들과 다를 바 없었다. 나는 두재 패거리가 사물함 안에 넣어둔 두꺼운 전화번호부를 어떻게 해야 할지 수업 내내 고민했고, 그러는 동안 속옷이 젖을 정도로 식은땀이 흘렀다. 전화번호부는 사물함에 어울리는 물건이 아니었다. 나는 점심시간이 되자마자 서둘러 건물 뒤편으로 돌아가 소각로 속에 책을 던져버리고 돌아왔다. 전화번호부는 사라졌고, 두재는 찾지 않았으며, 나의 사물함은 표적에서 비켜났다. 하지만 태명은 달랐다. 누가 어떤 쓰레기를 넣어두건 말건 사물함을 있는 그대로 두기로 한 것이었다. 두재는 이제 다른 사물함에는 관심을 가지지 않았고, 나를 비롯한 아이들은 안도했다. 아무도 태명을 대신해서 무모하게 관심을 끌고 싶어 하지 않았다. 그 사실이 내게는 슬픔으로, 차츰 증오로 변해갔다.

두재에게 목이 졸린 이후로 여태 심장이 요동치고 있었다. 나는 책상에 손바닥을 비빈 뒤 코에 대고 깊이 숨을 들이마셨다. 땅 아래로 뻗어나가는 나무뿌리가 눈앞에서 그려졌다. 그러자 아무렇지도 않은 기분이 들었다. 나른함이라는 유령이 내게 다가와 포근하게 안아주는 것만 같았다. 아무도 없는 교실을 나서기 전, 해가 비스듬히 내려앉은 창가 옆 사물함을 열어본 건 그런 이유에서였다. 나는 태명에게 줄 작은 선물을 넣어두었다.

다음날 아침은 어느 때보다 상쾌했다. 몇몇 아이들이 교실로 들어서자마자 교과서를 펼쳤고, 몇몇은 짝지와 대화를 나누기에 바빴다. 나는 사물함을 여는 태명을 줄곧 지켜보고 있었다. 태명은 체육복을 사물함에 구겨 넣었고, 물건 사이사이를 뒤져 1교시 준비물인 국어사전을 꺼낸 뒤 문을 닫고 자리로 돌아왔다. 여느 때처럼 어눌한 표정이었지만 내가 넣어둔 선물을 봤을 거라는 확신이 들었다.

예상대로였다. 태명은 수업이 끝나자 사물함을 열어 그것을 책가방 안에 집어넣었다. 그애의 행동은 능청스러우면서도 과감했다. 사물함 안에서 난감한 종류의 쓰레기를 발견했을 때와는 확연히 달랐다. 태명은 가방 지퍼를 단단하게 잠그고 사물함 문을 닫았다. 두재 패거리가 가던 길을 멈추고 교실 뒤를 서성이는 태명을 바라보고 있었다. 호기심이 생겨서였거나 보통 때와는 다른 분위기를 감지했거나 그저 심심했기 때문이었을 것이다. 광호가 태명의 이름을 불렀다. 태명은 못 들은 척하며 뒷문으로 빠져나가려 했다. 그러자 형규가 잽싸게 다가가 태명의 다리를 걸어 넘어뜨렸다. 이제 막 교실을 나서던 아이들은 두재 패거리의 행동에 질려버려 서둘러 달아났다. 태명은 벌떡 일어나선 두재가 서 있는 반대 방향으로 걷기 시작했다. 두재가 뒤에서 태명의 이름을 다시 불렀다.

"야, 구태명."

태명은 멈춰 서서 자신의 이름에 대해 생각했다. 정말로 그런 표정이었다. 복도 끝에는 내가 서 있었다. 두재 역시 나를 보고 있었다. 나와 태명과 두재는 한 선으로 이어졌지만 서로 바라보는 방향은 달랐다. 두재 패거리는 이제 태명을 부르지 않았다. 내일이면 이 시간은 다시 돌아온다는 것을 두재는 알았다. 언제라도 반항하면 패주려던 생각이었겠지만 태명은 늘 자신의 예상에서 벗어나 있었다. 그래서 더욱 화가 났고, 애꿎은 사물함에 해코지하게 된 것이었다. 두재 패거리는 무슨 짓을 벌이려는 건지 다시 교실로 돌아갔다.

태명은 내가 서 있는 곳까지 순식간에 걸어왔다.

"기찬이, 너지?"

나는 앞장서서 걸었다. 내가 도착한 곳은 학교 후문 옆에 있는 소각장이었다. 태명은 그제야 숨을 몰아쉬며 긴장을 풀었다.

"어떡할 건데?"

태명이 물었다.

"어쩌긴."

나는 기지개를 켰다. 다시금 나른해지는 기분이었다. 우리는 잠시 동안 소각장 옆 돌기둥에 기대어 오후의 햇살을 마주했다.

그날 교실로 돌아간 두재 일행은 사물함을 열고 안에 들어 있던 체육복을 조준해 오줌을 쌌다. 나도, 태명도, 반 아이들 누구도 그 짓을 보지 못했다. 보았다고 한들 소용없는 일이었다. 하지만 그 냄새는 어디로도 숨길 수 없었다. 선생님은 냄새를 추적하기 시작했다. 끝끝내 태명의 사물함을 열어본 선생님은 충격을 받은 듯했다. 그곳은 이제 사물함이라 할 수 없는 지경에 이르렀다. 선생님은 그런 일이 자신의 반에서 벌어지고 있다는 사실을 용납할 수 없는 표정이었다. 하지만 그의 분노는 더욱 잔인한 방법으로 태명을 몰아세웠다. 범인을 색출해 벌을 세우거나 징계를 줬다면 차라리 나왔을 것이다. 선생님은 1번부터 차례대로 태명의 체육복을 세탁해 오라고 시켰다. 2번, 3번, 4번, 5번, 6번. 그렇게 일주일이 지나면 7번부터 다시 체육복을 빨아오라고 명령했다.

"이건 한 사람만의 잘못이 아니다. 우리 모두의 잘못이다."

태명은 죄를 지은 사람처럼 고개를 푹 숙이더니 결국 책상에 엎드렸다. 선생님은 태명의 반응을 기다렸다는 듯 친구들 간의 우정에 대해 장황하게 늘여놓기 시작했다. 조례가 끝날쯤에는 체육복 세탁에 관한 처벌 방식을 철회하며 자신이 얼마나 화가 났는지 보여주기 위해서였다고 말했다. 선생님은 아이들을 다독이며 조례를 마쳤다. 하지만 나는 태명이 선생님의 말을 전혀 듣지 않고 있으며, 이곳이 아닌 다른 세계에 가 있다는 느낌을 받았다. 녀석의 몸은 지독한 악몽을 꾸듯 움찔거렸다.

소각장 굴뚝으로 그을음이 치솟고 있었다.

"안 타는 것도 있겠지?"

태명이 내게 물었다. 교실에서는 한마디도 안 하던 녀석인데 유독 소각장만 오면 달라져 있었다.

"어떤 거?"

"사물함 같은 거."

"보면 모르겠냐. 고철이랑 플라스틱은 따로 마대에 담아

뒀잖아. 저런 게 안 타는 것들이야."

태명은 내 말이 뭐가 그렇게 재미있는지 키득댔다. 소각장으로 노을이 스미기 시작했다. 파란 하늘에 검붉은 빛이 번지고 있었다.

"체육복은?"

순진한 미소를 머금으며 태명이 이어 물었다.

"체육복은 완전히 탈 거야."

태명은 나를 보며 싱긋 웃었다. 그애의 미소에 해끔한 햇살이 내려앉았다. 천진한 미소 앞에서 나도 어쩔 수 없이 따라 웃을 수밖에 없었다.

"너 아까 무슨 생각 했냐?"

내가 물었다.

"뭐가?"

"선생님이 체육복 빨아오라고 할 때."

"아, 별건 아니야. 체육복이 제대로 마르지 않으면 더 냄새날 텐데, 이런 거."

나는 녀석이 거짓말을 한다는 걸 알고 있었다.

"그거 필요 없어지면 언제든 여기에 버려."

내가 건넨 선물을 태명이 어떻게 생각하는지 궁금했다. 태명은 눈을 감은 채 소각로에서 퍼져나가는 냄새를 신중하게 맡고 있었다.

"응, 사실 별 필요는 없을 것 같아."

"그만 가자."

나는 가방을 들고 앞장서서 걸었다. 소각장에서 교문까지가 우리가 함께 걷는 마지막 길이었다. 교문 밖을 나서면 태명은 왼쪽으로, 나는 오른쪽으로 꺾었다. 우리는 손을 흔들거나 눈인사도 하지 않았다. 잘 가라는 말을 해본 적도 없었다.

태명은 무언가 달라졌다. 누구보다 일찍 등교해 사물함을 말끔히 정리해놓은 것부터가 새로운 시작을 알리는 선포였다. 사실 정리라고 할 수도 없었다. 태명은 사물함을 깔끔히 비웠다. 안에 든 건 모두 휴지통에 버린 뒤였다. 하지만 등교한 아이들로 교실이 북적일 즈음 그새 사물함 안에는 우유갑이 서너 개 들어 있었다. 태명은 조례 전에 사물함을 열어 우유갑을 바닥에 내려치고 발로 밟더니 침을 그러모아 훅 뱉었다. 광호가 튀어나와 태명의 멱살을 잡으며, 미친 새끼가, 하고 소리쳤다. 태명은 단번에 광호의 손을 물리치더니 바닥에 놓인 우유갑을 휴지통에 버린 후 빈 사물함의 문을 쾅 닫았다. 그 바람에 교실 안 모두가 사물함 쪽을 쳐다봤다. 광호는 태명을 향해 달려들려고 했지만 앞문이 열리며 선생님이 들어왔다. 두재가 인상을 찌푸리며 자리에서 일어났다.

"차렷."

광호도 태명도 자리로 돌아와 앉았다.

"경례."

아이들은 선생님을 향해 인사했다.

선생님은 한동안 아무 말도 하지 않았다. 침묵으로 교실 분위기를 살피고 있었다. 그러더니 출석부를 교탁 위에 툭 내려놓곤 2분단을 가로질러 교실 뒤편으로 걸어갔다. 선생님이 멈춰 선 곳은 창가의 사물함 앞이었다. 아이들 몇몇은 선생님의 동작을 살폈고, 몇몇은 아침잠을 못 이겨 책상에 그어진 낙서를 바라보고 있었다. 선생님은 잠시 고민하더니 한숨을 내쉬고는 제자리로 돌아왔다. 출석부를 넘기고 아이들의 이름을 한 명 한 명 불렀다. 마지막 이름까지 부른 선생님은 반장을 불러 조례를 마치게 했다. 구호를 외치는 두재의 목소리에는 어딘가 불안한 구석이 있었지만 그걸 눈치챈 사람은 나와 태명 정도였을 것이다. 때마침 종소리가 울렸고, 아이들은 선생님보다 먼저 교실을 빠져나갔다. 선생님은 잽싸게 흩어지는 아이들 사이로 두재를 향해 천천히 다가갔다. 선생님은 두재의 머리를 쓰다듬었다.

"김두재, 너만 믿는다."

나는 선생님의 미소에 얼어버리고 말았다. 나로선 도저히 흉내낼 수 없는 완벽한 미소였다.

갈색 체육복을 갈아입은 태명은 아이들 사이에 섞이려 했지만 잘되지 않아 보였다. 종이 울린 이후에는 체육복을 개어 가방에 넣었다. 태명의 사물함 근처에는 누구도 가지 않았다. 그 사물함은 단 하루 사이에 변해버렸다. 주인의 허락 없이 사물함이 열리면 톱니바퀴처럼 연결된 다른 무언가가 작동된다는 것을 아이들은 조례 전 태명의 행동에서 보았다. 하지만 두재는 그런 것에 아랑곳하지 않았다. 오히려 보다 확실히 상대를 제압해야만 하는 상황이라는 것을 본능적으로 느꼈는지도 몰랐다. 두재는 영악하면서도 비겁한 아이였다. 그래서였다. 두재를 대신해 그 사물함을 연 것은 형규였다. 형규는 갚을 빚이 있다는 듯 아이들이 다 있는 교실 안에서 태명의 사물함을 열어 남은 도시락 반찬을 하나씩 던져넣었다. 동그랑땡, 어묵, 멸치볶음, 마침내 김칫국물을 털어넣는 형규에게 힘을 실어줄 요량으로 몇몇 아이들이 키득거리며 웃었다. 그 바람에 나도 사물함을 쳐다보게 되었다. 아니, 나는 태명을 쳐다보았다. 어떤 망설임도 없이 무심한 듯 가방을 열어 손을 집어넣는 태명을 보자 머리끝이 바짝 섰다.

뒤에서 세 번째 책상에 앉아 있던 태명과 사물함에 잔반을 처리하는 형규의 거리는 불과 몇 발자국도 되지 않았다. 태명은 어떤 리듬이 귓가에 들려오기라도 한 것처럼 유연하게 몸을 일으켜 책상을 돌아 나왔다. 누구도 태명의 손에 든 것이 칼이라고는 상상하지 못했다. 그건 열세 살이 감당하기에는 몹시 날카로운 물건이었다. 매끈한 칼날이 태명의 손끝에서 빛났다. 반사된 빛은 두재의 눈가로 비쳤다. 두재는 아, 하는 탄식을, 어이없음을, 허무한 자조를, 태어나 처음으로 마주하게 된 공포를 느꼈다. 그걸 본 애가 또 있었다. 그애가 이제 막 교실 뒤편에서 벌어지는 일에 관심이 가게 되어 사물함 쪽을 보려는데 기묘한 풍경이 눈앞에 펼쳐지고 있었던 것이다. 그애는 비정상적인 사건이 벌어질 것을 감지하고는 눈을 감은 채 고함을 내질렀다. 우리 모두가 쩡 하고 얼어붙을 정도의 괴성이었다. 태명이 칼을 쥔 두 손을 형규의 허리춤으로 밀어넣었다. 하지만 벨트에 가로막혔는지 삐끗하며 손에서 칼을 놓치고 말았다. 차가운 쇳소리가 귓가에 가득 찼다. 겁에 질린 형규는 나자빠지며 깊은 물에 빠지기라도 한듯 허우적거렸다. 태명이, 아니 그 누구라도 칼로 자신을 찌를 것이라고는 상상조차 해본 적이 없었던 것이다. 하지만 태명은 이미 모든 일을 수백 번이나 반복해서 연습해본 뒤였다. 태명의 머릿속에서는 형규가 아닌 두재가 그 대상이었지만 상관없었다. 태명에게 그들은 개개인이 아닌 뭉뚱그려진 하나의 덩어리였다. 그들로서도 마찬가지였을 것이다. 굳이 태명이라서 함부로 사물함을 여닫은 것이 아닌, 저주받은 사물함 주인이 태명이었기에, 한 소년의 광기 어린 얼굴을 통해 그들이 받아들이게 된 첫 번째 감정은 절망이나 후회가 아닌 놀라움이었다.

태명은 쓰러진 형규 위에 올라타 바닥에 떨어진 칼을 움켜쥐었다. 태명은 형규의 가슴팍에 칼을 내리꽂기 위해 손을 높이 들어올렸다. 내게 그 장면이 슬프게 기억되는 까닭은 가녀린 소녀의 극단적인 기욺이 가져다주는 불완전함 때문이다. 나에게는 기울어진 실루엣이 영영 슬프다. 나는 눈을 감지 않았고, 태명은 있는 힘껏 손을 내리찍었다. 시간이 잠시 멈춘 것만 같았다. 모두가 그 자세 그대로 정지했다. 칼은 형규의 코앞에서 가까스로 멈췄다. 태명이 쥔 칼끝은 그 아이의 눈동자만큼이나 흔들리고 있었다.

누군가 울기 시작했다. 옆 아이가 그 울음을 이어받았다. 앞으로 뒤로 전염된 울음은 순식간에 교실을 점령했다. 두재도 피해갈 수 없었다. 오직 나와 태명만이 그 울음으로부터 자유로웠다. 나는 자리에서 일어나 형규를 깔고 앉아 있는 태명을 일으켜세웠다. 나는 신발주머니에 칼을 집어넣고 교실 밖을 나섰다. 누구도 따라오는 사람은 없었다. 누구도 태명과 내가 어디로 가는지 궁금해하지 않았다. 그저 이 상황이 시간의 흐름 속으로 사라져버리길 바랄 것이었다. 누구도 승자나 패자가 아니었다. 우리는 신발주머니를 소각로에 던져넣었다. 등 뒤로 무언가가 타들어가는 소리가 들려왔다. 타다닥타다닥. 나는 어느 때보다도 그 소리가 마음에 들었다.

태명은 골목으로 들어선 나를 뒤따랐다. 지린내가 나고, 쓰레기가 널브러져 있으며, 온통 벽과 벽으로만 이뤄진 좁다란 골목을 통과하면 청록색 페인트로 칠해진 또 다른 골목으로 꺾어졌고, 그렇게 이어진 골목을 거쳐 마침내 빨간 벽돌로 지어진 교회 앞 큰길로 빠져나왔다. 교회를 따라 오르막길로 올라가면 문구점, 분식점이 있었고, 그 옆으로 높이가 각기 다른 집들이 지그재그로 지어져 있었다. 빼곡한 집집 사이에 허술한 공간이 있었는데, 마치 이빨이 하나 빠진 잇몸과도 같은 텅 빈 자리, 그곳에 우물이 있었다.

우리는 우물 앞에 나란히 멈춰 섰다. 태명은 골목 안에 우물이 있는 게 신기했는지 머리를 박고 아래를 내려다보았다. 녀석은 이런 우물을 본 적은 없다고 말하며, 아래를 한참 동안 살폈다. 이끼가 피고 물때가 껴 식수로는 사용할 수 없었지만 어른들은 어째서인지 우물을 그 상태로 두었다. 빠져 죽은 사람이 한둘이 아니라는 건 동네 아이들도 아는 사실이었다. 사고가 날 때마다 우물을 없애라, 보수공사를 해라, 말들은 많지만 정작 실행되는 건 없었다. 태명은 아아아, 하며 소리를 내보았다. 우물을 한 바퀴 훑고 나온 태명의 목소리가 희미하게 들려오다 사라졌다. 그게 재밌었던지 몇 번 소리를 내더니 나중에는 휘파람을 불기도 했다.

"어렸을 때 친구들하고 숨바꼭질하는데, 나는 잡히기가 싫었거든. 누가 날 잡으러 쫓아온다고 생각하면 무섭기도 하고 이상하게 짜증이 나기도 하잖아. 안 그래?"

태명의 말은 어딘가 맥락이 없었지만 나는 동의하듯 고개를 끄덕였다. 내 고갯짓을 볼 수는 없었을 테지만 태명은 신이 난 듯 빠르게 말을 해나갔다.

"무슨 생각이었던지 화장실로 들어가버린 거야. 우리 가족은 다른 집하고 마당을 같이 쓰고 있었는데 그러니까 공동 화장실 말이야. 우리 집만의 화장실이 아니라, 알지?"

태명은 나의 대답을 기다리고 있었다.

"지금은 공동이 아니라 개인 화장실을 써. 너희도 그래?"

나는 응, 하고 말해주었다.

"공동은 원래 푸세식이야. 어른들 말로는 이집 저집 수도마다 물세가 얼마나 나가는지 값을 매기기도 힘들고, 그냥 똥차를 한 번씩 부를 때마다 돈을 모으는 게 낫다고 하더라고. 한 달에 한 번인가, 두 달에 한 번인가. 어쨌거나 세 집 식구의 똥이 한 화장실에 들어차는 거야."

그때부터 태명은 웃기 시작했다. 우물 밑에서부터 차가운 웃음소리가 메아리로 돌아왔다.

"푸세식이라니, 너무 웃기지 않아? 이 화장실도 나 때문에 바꾸자는 이야기가 나온 거지. 내가 아니었으면 그 집 사람들은 평생 푸세식으로 살았을걸."

"그래, 웃기네. 푸세식이라니."

나도 슬쩍 따라 웃게 되었다.

"그 푸세식에 빠져버렸어. 안에서 문을 잠갔는데, 한마디로 똥통에 빠진 거지. 만약 내가 거꾸로 빠졌다면 질식해서 죽어버렸을 거래. 엄마는 하늘이 도왔다고 굿을 벌이기도 했어. 그 일이 있기 며칠 전에 똥차가 왔길 망정이지 가득 찬 똥통이었음 어떤 자세로 빠져도 죽고 말았을 거야.”

“그래서?”

“숨바꼭질하던 애들은 다들 어디로 숨었는지 한 명도 나를 찾으러 오지 않았어. 그전부터 애들은 날 좋아하지 않았거든. 사실 내가 화장실로 숨은 이유도 그래서였어. 놀이에 참여하는 것 같기도 하고, 하지 않는 것 같기도 하잖아. 술래가 나를 찾지 않아도 아무 일 없었던 척 화장실에서 나오면 되니깐. 그런데 난 그 높은 똥통 속에 빠져버린 거야. 정말 우습다. 그치?”

나는 그때까지만 해도 똥통이 높다는 것을 상상해볼 수 없었다. 그건 아래에서 올려다봐야지만 가늠할 수 있는 감각이었다. 태명은 우물 안으로 더 깊게 고개를 밀어넣었다. 나는 태명이 빠지지 않게 서둘러 태명의 옷을 붙잡았다. 녀석은 내 손길에 어떤 반응도 되돌려주지 않고 한참을 그러고 있었다.

“누군가 내가 우는 소리를 들었나봐. 처음에는 귀신이라고 생각했는지도 몰라. 화장실 문은 잠겨 있고, 불러도 안에서는 기척이 없는데, 동굴에서 들려오듯 아이의 울음소리가 들리는 거야. 그 소리 상상할 수 있겠어?”

태명은 그날 어떻게 어둠 속에서 빠져나온 건지 기억하지 못했다. 나온 뒤에는 몇 번이나 비눗물로 몸을 씻어냈지만 이후로는 누구도 가까이 오려 하지 않았다고 했다.

"기찬아."

태명은 있는 힘껏 나의 이름을 불렀다. 동굴에서 울리듯 녀석의 목소리가 지하 깊숙이 가라앉았다가 튕겨올랐다. 나는 그제야 힘을 줘 녀석의 등을 끌어올렸다. 붉게 피가 쏠린 태명의 두 눈은 나를 바라보며 힘겹게 껌벅이고 있었다.

"이십 년, 아니 삼십 년 후엔, 그땐 진짜로 할게."

"뭘?"

나는 알면서도 되물었다. 나는 그애가 형규를 찔렀던 장면을 기억하고 있었다. 잘못 찔러서 칼을 놓쳤거나, 두려워서 떨어뜨렸다는 것을 알고 있었다. 태명은 내게 관심을 얻기 위해서였는지 엉뚱하게 말을 돌려댔다.

"지금 하는 건 너무 단순해."

나는 단순하다는 말이 무슨 의미인지 물어보고 싶었다. 태명은 배시시 웃고 있을 뿐이었다.

태명과 나는 우리 집 옥상에 있는 노란 물탱크 위로 올라갔다. 나는 뚜껑을 열어 안을 보여주었다. 내가 먼저 물탱크 안으로 침을 두 번 뱉었다. 태명은 허락을 구하듯 내 얼굴을 살피더니 그러모았던 침을 퉤, 뱉었다. 고여 있던 물에 파장이 일었다. 이내 이것도 시시해졌다. 우리는 옥상 난간에 걸터앉아 아래를 내려다봤다.

"선생님은 두재를 이용하고 있어. 두재도 그걸 알지만 이용당할 때가 더 좋기도 하니까."

태명이 태연하게 말했다.

"그런가?"

"보호받는다는 느낌이 들거든."

태명의 말에 나는 멋쩍게 웃었다. 태명은 내가 아는 가장 투명한 아이였다. 투명해서 누구도 그애를 잘 보지 못했다. 어쩌면 그건 노을 때문인지도 모르겠다. 발그스레해진 태명의 환한 얼굴을 보자 무언가 잘못되었다는 것을 알게 되었다. 나는 순간적으로 태명이 더 심한 일을 저지를지도 모른다는 섬뜩한 느낌을 받았다.

태명은 다음날부터 나를 알은척하지 않았고, 반 아이들과 어울려 지내려고 노력했다. 어느 순간부터는 두재의 말에 격하게 웃어주고, 두재의 책가방을 들어주고, 두재의 종이 되어 모든 행동에 미소를 섞어냈다. 얼마 후 나는 아버지의 전근으로 이사를 하게 되었다. 이사 가기 전날 태명은 우물 앞에서 나를 기다리고 있었다. 나는 태명을 비켜서서 지나가려 했다. 그러자 그애는 대뜸 내게 속을 꺼내 보였다. 마치 우리 둘만의 비밀을 간직하자는 듯.

"두재 체육복, 내가 훔쳤다."

태명이 말했다. 나는 걸음을 멈췄다. 태명은 무슨 생각을 하고 있었던 걸까. 왜 이런 고백을 하는 것일까. 어수선한 생각들이 쏟아졌지만 무엇 하나 정리되지 못해 반사적으로 태명을 쏘아붙였다.

"미친 새끼."

서둘러 자리를 벗어나려 하자 그애가 내 팔을 붙잡았다.

"걱정하지 마. 아무에게도 말 안 할 테니까."

태명은 마치 내 생각을 읽었다는 듯 나를 달래려들었다. 나는 태명의 작은 손을 뿌리치고 돌아섰다.

*

오토바이 한 대가 도로를 질주했다. 머플러의 굉음은 오토바이를 놓치지 않겠다는 듯 재빠르게 따라붙었다. 이내 거리는 정적을 되찾았다.

나는 트렁크 문을 닫고, 다시 차에 올라탔다. 차 안은 무거운 침묵이 감돌고 있었다. 기나긴 세월을 통과한 침묵이라는 걸 나는, 우리는 알고 있었다.

"아까 주차장에 있던 그 사람이."

그가 슬며시 고개를 끄덕였다.

"너는 그 사람을 벌하겠다고 말했고."

그는 신중하게 답을 고르는 눈치였다.

"왜냐고 물어봐도 되겠지?"

그러자 그는 입술을 굳게 닫고, 말을 감추었다.

"왜 나를 찾아온 거지?"

그가 한숨을 내쉬며 말했다.

"추억을 완성하기 위하여."

그가 시동을 걸자 엔진이 굶주린 짐승처럼 그르렁거렸다.

"그럼 우린 어떻게 되는 거지?"

"어떻게 될 게 뭐가 있겠어."

유턴 신호 앞에서 우리는 한참이나 서로의 침묵을 살피고 있었다. 마침내 신호가 바뀌었고, 그는 왔던 방향으로 차를 돌렸다. 그리고 나에게 말했다.

"기찬아, 그 체육복."

전자담배는 여전히 대시보드 위에서 발광하고 있었다. 일정한 박자를 가진 채로.

"네가 훔쳤다는 거 알고 있었어."

지끈한 현기증이 머리를 쥐어짰다.

"오늘을 기다리고 있었다는 것도."

아직 취기가 채 가시지 않았다. 어쩌면 이건 꿈인지도 몰랐다. 나는 교차로의 정지선 앞에서 녹색 신호를 기다리는 동안 잠든 것이리라. 그게 아니라면 아직 아이인 채 소각로 옆 돌기둥에 기대어 타오르는 체육복을 바라보고 있는 건지도.

그가 속도를 올리자 엔진 소리가 귀를 먹먹하게 만들었다. 도로는 적막했고, 밤은 돌이킬 수 없을 만큼 점점 깊어갔다.

창고와 라디오

그날 아침 아내는 창고가 되겠다고 말했다. 아내는 싱크대와 냉장고 사이에 드러난 좁은 벽을 바라보며 서 있었다. 표정이나 숨소리는 차분해 보였다. 나는 아내의 말에 대꾸하지 않았다. 아내는 밀크셰이크로 아침식사를 해결한 듯 보였다. 나는 물을 한 잔 마시고 어젯밤에 만들어둔 카레를 데워 밥을 비볐다. 카레를 숟가락으로 저으니 가라앉아 있던 당근이 떠올랐다. 내가 한술 떠먹기 시작하자 아내는 뒤돌아서서 말했다.

"창고에는 우선 눈, 코, 입이 없어야 해요. 귀만 있어도 충분할 것 같아요."

푹 익은 당근이 입안에서 물컹하게 으깨졌다. 등굣길의 한 중학생이 뉴스 인터뷰를 하는 중에 무심코 했던 말이 유행처럼 퍼지게 된 모양이었다. 차라리 가방이 되겠다던 그

학생의 인터뷰 내용은 태그를 달고 각 세대를 통과하며 번져나갔다. 사람들은 자신만의 사물을 찍은 사진과 함께 그것이 되겠다는 내용의 글을 게시하기 시작했다. 내가 속한 라디오 팀에서도 새로운 코너로 언급이 될 정도였지만 딱히 관심이 가는 현상은 아니었다. 무엇이 되겠다는 건 문법에 맞지 않는 인터넷 용어일 뿐이었다. 아내가 그런 유행을 따라 한다는 사실이 새삼스러웠다. 그렇다고 해도 하필이면 창고라니. 창고란 쓸모가 뻔한 저장 장소이지 않은가. 더구나 나란히 붙은 두 개의 방, 환풍기 소리가 요란한 욕실, 주방과 경계가 없는 거실, 세탁기가 놓인 베란다 어디에도 창고 같은 걸 염두에 둘 만한 공간은 없었다. 등산용 가방은 돌돌 말아 장롱 위에 뒀고, 선풍기는 팬과 몸통을 분리해서 행거 아래에 보관했다. 휴지는 화장실 수납 칸에 들어갈 만큼만 샀고, 쓰레기가 나오면 베란다 한쪽에서 철저하게 분리수거를 하고 있었다. 나는 수납장을 뜻하는 거냐며 농담조로 물었다. 하지만 아내는 창고라고 힘주어 말했다.

아내는 9년 동안 매일 같은 시간에 출근해 작고 단단한 인공치아를 만들었다. 하루에 열 개 정도의 치아를 작업한다고 했다. 컨디션이 좋건 나쁘건 개의치 않고 주문이 들어온 순서대로 디자인을 거쳐 기계에 구워내는 공정이었다. 아내는 대수롭지 않게 말했지만 좀처럼 쉬운 일이 아니라는 건 예전보다 불거진 손가락 관절만 봐도 알 수 있었다. 아내는 내게 자신이 만든 치아 사진을 보여주기도 했다.

"치아를 보면 그 사람이 선호하는 음식이나 양치 습관도 보여요."

과연 그럴까 싶었지만 나는 고개를 끄덕였다.

"내 이는 어때요?"

왼쪽 아랫잇몸에 나란히 박힌 두 개의 금니는 아내의 작품이었다.

"고기를 먹고 나면 습관처럼 이쑤시개를 쓰지만 잇몸만 찌를 뿐 찌꺼기는 박혀서 잘 나오지 않을 때가 많아요. 왼손으로 칫솔질을 하네요. 손에 지나치게 힘이 들어가서 잘 닦이지 않은 부위도 다 닦았다고 생각하고 양치를 마치는 경우가 허다해요."

아내는 치아들이 얼핏 비슷해 보여도 각기 다른 형태를 지녔다고 덧붙였다.

"지문 같은 것일까요."

내 말에 아내는 싱긋 웃으며 답했다.

"내 아이들은 결코 닮지 않아요."

나는 아내의 말에 동의할 수 없었다. 치아도 모조품도 닮기 마련이었다. 이 세상에 닮지 않는 것이라곤 없다는 자명한 이치만이 닮지 않을 것이다. 그렇다고 닮는 게 꼭 나쁘다는 말은 아니지만.

언젠가 아내는 스스로 잇몸에서 빠져나온 치아들이 내장 기관을 헤집고선 연약한 항문을 통과해 탈출하는 꿈을 꾸었다고 말했다. 아내는 누구의 시점으로 험난한 여정에 합류하게 된 걸까. 용맹한 치아들은 왜 쉽고 빠른 출구인 구강으로 나가지 않았던 걸까. 몇 가지 의문이 들었지만 딱히 입 밖으로 내지는 않았다.

아내는 종종 식사를 대신해 밀크셰이크를 마셨다. 다이어트를 하는 건 아니었고 단 음식을 선호하지도 않았는데 유독 밀크셰이크는 좋아했다. 나는 그런 아내를 위해 전철역 앞 커피숍에 들르곤 했다.

그날도 밀크셰이크를 사 들고 집으로 돌아온 참이었다. 아내는 베란다에 쭈그려 앉아 창문을 골똘히 바라보고 있었다. 가까이 가보니 어디서 구해온 건지 청진기의 이어피스를 귀에 끼고 있었다.

"거기서 뭐 해요?"

그제야 아내는 창문에서 떨어졌다.

"뭐 하냐고요!"

내가 조금 더 크게 말하자 아내는 엉거주춤하게 오른손에 쥔 청진판을 내밀었다.

"소리를 듣고 있었어요."

말문이 막혀서 정작 무슨 소리를 듣고 있는지 묻지 못했다. 걱정보다는 짜증이 섞여 나왔다.

"그런다고 들려요?"

아내는 재빠르게 청진판을 창문에 갖다 붙였다. 예상치 못한 반응이었다. 아내는 내 말을 듣고 있는 것 같지 않았다. 환자의 심음을 확인하는 의사처럼 진중한 표정으로 창문을 더듬거릴 뿐이었다. 나는 식탁에 놓아둔 밀크셰이크를 가지고 와서 아내에게 건넸다. 그걸 본 아내는 온몸을 움츠린 채 빨대를 덥석 물었다. 그러곤 외따로이 떨어진 섬처럼 베란다에 가만히 앉아 밀크셰이크를 빨아들였다.

며칠 후 아내는 만취한 채로 귀가했다. 이따금 맥주를 한두 잔 마시기는 했어도 인사불성이 된 적은 없었다. 아내는 욕실에서 한 시간이 넘도록 나오지 않았다. 문 앞에 서서 노크를 하고, 생수를 놓아두고, 깨끗한 속옷도 가져다주었지만 아내는 욕실 문을 열어주지 않았다. 구토 소리가 한동안 이어졌다. 나는 끓어오르는 속을 가라앉히며 점잖은 척 식탁에 앉아 원고를 마무리하려 애썼다. 그러다가도 눈길은 자꾸만 욕실을 향했다.

"이렇게 걱정시켜야 직성이 풀리겠어요?"

욕실 문은 여전히 굳게 닫혀 있었다. 열려 있다고 한들 아내는 내 말을 알아듣지 못했을 것이었다. 한참이 지나서야 물줄기 소리가 들려와 보일러를 켜주었다. 나는 억지로라도 원고를 써보려고 했다.

오프닝은 2회 차를 동시에 쓰는 게 편했다. 월요일과 수요일, 화요일과 금요일, 목요일과 토요일. 일요일의 녹음 원고는 오고 가는 전철 안에서 썼다. 몇 시간이나 정체 상태였던 원고가 그제야 눈에 들어오기 시작했다. 얼마 후 욕실 문 열리는 소리가 들렸다. 나는 무관심으로 대응할 작정이었다. 아내는 주방으로 가서 쌀을 씻기 시작하더니 쌀뜨물을 유리컵에 따라 마셨다. 싱크대와 냉장고 사이에 드러난 좁은 벽을 바라보며 꿀꺽꿀꺽. 석 잔을 연거푸 마시고 나서 아내는 다시 욕실로 들어갔다.

시간이 얼마나 지났을까. 아내는 소파에 곤히 잠들어 있었다. 내가 당장 무언가를 도와줄 수는 없어 보였다. 그대로 안아 들고 침대로 옮겨주고 싶기도 했지만 그러지 않는 편이 나을 것 같았다. 나는 무언가를 하려다 만 적이 많았는데 결과적으로는 대부분 그게 나은 선택이었다. 대신 시도하려 했던 것들을 원고로 썼다. 그래서인지 내 글에는 반성이나 후회가 없었고, 청취자들은 그 자체를 제법 즐기는 것 같았다.

"배 작가는 아내를 팔로잉합니까?"

강이 내게 물은 건 오프닝 곡이 흐를 때였다. 나는 청취자들이 보낸 문자메시지에 정신이 팔려서 강의 말을 흘려들었다. 그날 내가 쓴 오프닝 멘트는 케빈 베이컨 법칙에 관한 내용이었다. 반응은 나쁘지 않았다. 서로 모르는 사람들이라도 몇 다리만 걸치면 모두 연결된다는 것이 요지였다. 몇몇 기업이 영리하게도 이 법칙을 이용해서 욕망의 울타리를 만들었다. 원고에서 나는 다소 부정적인 측면을 드러냈지만, 진행자 강은 타인으로 채울 수 없는 외로움을 부각했다. 그의 말을 듣고 있자니 간밤에 쌀뜨물을 마시던 아내의 얼굴이 떠올랐다. 아내는 SNS를 하지 않았다. 적어도 내가 알기로는 그랬다. 남몰래 비밀 계정을 만들어 활약하고 있는지도 모르지만 그건 내겐 하지 않는 것이나 마찬가지였다. 나는 강에게 긍정인지 부정인지 나조차도 알기 어려운 미소를 내보였다. 온에어에 불이 들어오자 강은 평소와 다름없이 낭랑한 목소리로 방송을 진행해나갔다.

강은 나와 중학교 동창이었다. 그는 한때 방송국의 간판급 아나운서가 될 뻔했지만 잦은 염문설로 곤욕을 치렀고 이혼이 가시화된 이후로는 지방으로 옮겨와 라디오 프로그램을 하나 맡고 있었다. 위자료 때문인지 원룸을 구해서 러닝머신과 침대만 놓고 근근 이 년째 버티는 중이었다. 도회적인 외모나 시니컬한 말투와는 달리 뒤로는 주변 사람을 살뜰히 챙겨 동료나 후배들에게 인기가 많았다. 그가 불러내면 누구든 흔쾌히 응할 터였다. 그런데도 그는 틈만 나면 나에게 술이나 한잔하자고 전화를 걸어왔다. 우리는 사석에서 만나면 방송에 관한 대화는 일절 하지 않았다. 마흔 줄에 접어든 두 남자의 술자리란 일상에 대한 나른한 읊조림과 협소하게 편집된 과거의 풍경 같은 걸 나누는 게 전부였다.

강은 간혹 뜬금없이 내게 '들었어?'라고 물어보곤 했다. 자주는 아니지만 분명한 주기가 있었다. 사람들로 북적이는 카페나 술집에서 그런 순간이 찾아오면 눈썹이나 이마의 주름을 이용해 신호를 보내기도 했다. 한번은 대형 스크린이 설치된 펍에서 누군가 자신의 이름을 불렀다며 소스라치게 놀라기도 했다. 사람들은 축구 경기의 응원에 목소리를 높여갔고, 나는 조용히 마른오징어를 씹고 있었다. 한국 선수가 골을 넣는 순간에도 그는 두리번거리며 자신을 부르는 목소리의 정체를 찾아내려고 했다. 하지만 그곳에는 그를 부를 만한 사람이 없었다. 그가 꽤 오랫동안 정신과 치료를 받고 있다는 사실은 가까운 지인들만 아는 공공연한 비밀이었다. 의사는 강이 모서리가 보이는 실내에 오래 머물게 되면 환청이 들려온다는 걸 알아냈다. 의사는 그게 환청일 뿐이라는 걸 받아들이는 게 핵심이라며 약물과 주기적인 상담으로 치료 계획을 세웠다. 병원에서 처방받은 이후로 강은 차차 호전되는 것 같았다. 적어도 잘 모르는 사람들이 보기에 그는 아무런 문제가 없어 보였다. 하지만 완쾌된 것이 아니었다. 그는 어느 밤이고 환청을 지워줄 사람을 찾아 이리저리 전화를 걸었다. 나는 주로 그와 함께 있는 동안 느낀 것들을 다음 방송 원고에 써먹곤 했다. 강은 그 원고를 자신의 내밀한 생각인 양 읽어나갔다. 나로서는 꽤 만족스러운 경험이었다. 짜릿한 쾌감을 느낀 일도 많았다. 그가 나의 대변인인지, 내가 그의 내면인지 알 수 없었지만 아무래도 상관없었다.

사연을 보낸 청취자는 부부의 신념에 따라서 자신은 소화전이, 아내는 비상구 유도등이 되기로 했다고 밝혔다. 소방관이라고 밝힌 그는 '우리 부부처럼 공공재가 되겠다는 사람들이 늘면 좋겠습니다' 하고 덧붙였다. 막내 피디의 기획으로 진행된 코너의 첫 사연이었다. 나는 방송에서라도 '되고 싶다'라거나 '가지고 싶다'라고 써야 하는 게 아니냐며 이의를 제기했지만 받아들여지지 않았다. 누군가는 '되겠다'라는 말이 막막한 현실에서 벗어나고자 하는 소망의 표출이라고 했고, 어떤 이들은 윤회적 발상이라고도 했다. 미래형 동사라는 말도 들려왔지만 어쨌거나 나는 장난 같은 이 말이 유행어처럼 남발되고 있는 현상을 달갑게 받아들이지 못했다. 강은 사연을 맛깔나게 읽고 나서 소방차의 〈어젯밤 이야기〉를 선곡했다. 스피커에서는 신시사이저 연주가 방방 울려댔다.

"이 소방관 부인, 갑갑하겠는걸."

노래가 나가는 동안 강은 내부 마이크 볼륨을 올리더니 누구에게랄 것도 없이 말을 던졌다. 그는 혼자 있을 때면 무슨 말이든 해야만 했다.

"자신의 신념이 아니라 부부의 신념이라 썼잖아. 어떻게 두 사람의 신념이 똑같을 수가 있는 거지? 그건 도무지 불가능한 일이야."

"도무지는 도모지라는 사형 방식에서 비롯한 말이래요."

강의 말을 받아주는 건 막내 피디밖에 없었다.

"사형이라고?"

"물 먹인 한지를 얼굴에 발라 질식시키는 형벌이 도모지래요."

강은 잠깐 생각에 잠기더니 찡그린 얼굴로 말했다.

"유도등이 되겠다는 건 형벌인지도 몰라."

강은 소화전과 유도등이 상징적인 물건이라고 말했다. 아내가 유도등이 되겠다는 것을 공개적으로 알려 그 쓰임을 명시하려는 게 이 사연의 목적이라는 것이었다.

"둘은 부부고, 유도등과 소화전은 어쨌거나 같은 공간에 있는 거잖아요."

"그래, 그거야. 그야말로 도모지잖아. 방송의 취지를 잘못 이해하고 있는 거라고."

강은 새 코너를 말장난 이상으로 받아들이고 있는 것이 분명했다.

"선배, 너무 멀리 가지 마세요."

강은 막내의 애교 섞인 질책에도 아랑곳하지 않고 말을 이었다.

"남편은 원래 소화기를 권유했을 거야. 하지만 아내는 남편과의 합의점을 찾아 유도등을 선택한 거지. 소화기와 소화전은 떼려야 뗄 수 없는 사이지만 적어도 비상구 유도등은 천장에 붙어 있잖아. 색깔도 달라. 본질이 다른 거지."

이제 음악은 십 초를 남기고 있었다. 막내가 오른손을 들자 오디오 감독이 콘솔에 손을 올렸다.

'창고가 되겠다는 건 어떤 마음일까?'

그때 강이 스치듯 뱉은 혼잣말이 내 귓전을 때렸다. 나는 강의 얼굴을 똑바로 바라보았다. 온에어에 사인이 들어오자 강은 문자로 도착한 짧은 사연들을 소개하며 코너를 마쳤다. 부스를 빠져나온 강은 나에게 다가와서 자신은 욕조가 되기로 결심했다고 말했다. 나는 아까 그 말에 대해서 자세히 묻고 싶었지만 강의 오묘한 표정에 그럴 수가 없었다. 강은 제작진에게 새 코너가 마음에 든다고 말한 뒤에 서둘러 퇴근해버렸다. 하지만 내게는 아니었다. 사람들은 되고자 하는 것을 너무 쉽게 고백했다. 오래전부터 간절하게 꿈꿔왔던 일처럼 진지하게도 말이다.

돌이켜보면 아내는 창고가 되겠다고 선언하기 전부터 어떤 징조를 보여온 것이 분명했다. 청진기만 해도 그랬다. 아내는 냉장고와 밥솥과 식탁에 청진판을 대고는 가만히 듣고 있기도 했다. 나로선 달리 무슨 소리가 들릴까 싶었지만,

아내의 표정은 외계어를 해독하는 듯 묘하게 변해갔다. 처음에는 스트레스를 푸는 방법이겠거니, 하고 대수롭지 않게 넘기려 했다. 그러나 날이 갈수록 정도가 심해졌다.

"적당히 하지 그래."

나는 참다못해 아내에게 지그시 말했다.

"당신이 적당한 걸 좋아하는 사람이기 때문에 지구가 둥글다고 말하는 거라고요."

아내는 느닷없이 지구를 들먹였다. 언젠가 나는 오프닝 멘트에 '둥근 지구'라는 말을 쓴 적이 있었다. 아내는 그걸 들었는지 퇴근 후에 나를 앉혀놓고선 지구가 둥글다는 건 단선적인 사고라고 일러주었다. 나는 아내의 말에 동의할 수가 없었다. 지구는 확실히 둥글고, 그건 적당한 취향과는 관련이 없었다. 하지만 아내는 고집스럽게도 의견을 굽히지 않았다.

"축구공도 둥글다고 어디 한번 말해보시죠."

나는 틈을 두지 않고 당연하다고 말했다. 그러자 아내는 휴대전화로 축구공 이미지를 찾아서 내게 보여줬다.

"이래도요?"

아내는 당당하게 말했지만 누가 봐도 축구공은 둥근 물체였다. 내 표정이 성에 차지 않았는지 아내는 저금통에서 동전을 꺼내 이건 어떠냐고 물었다. 나는 이제 말장난 따위는 피하고 싶어서 그건 납작하다고 해버렸다. 아내는 다소

누그러진 투로 말했다.

"이해를 바라는 게 아니라요, 정말로 지구는 둥글지 않다고요."

밤이 늦도록 아내와 연락이 닿지 않자 우리가 나누었던 대화들이 머릿속에서 멈추지 않고 반복 재생되었다. 아내는 둥글지 않은 지구의 어디쯤 가 있는 것일까. 무슨 일을 해도 손에 잡히지 않아 지난 원고를 들춰보았다. 원고는 내게 일기와도 같았다. 결혼 전의 원고와 결혼한 이후의 원고는 다시 보아도 확연하게 달랐다. 피디와 선배 작가들은 결혼의 힘이라며 엄지를 치켜들기도 했다. 내가 보기에 아내는 세상사에 관심이 없었다. 누가 대통령이 되었는지, 연예인이 누구와 사귀는지, 정치인이 어떤 잘못을 저지르고 있는지 아내와 대화를 나눈 적이 없었다. 아내가 곧잘 물어오는 것이라곤 열네 살의 내가 하프 마라톤 대회에서 준우승했을 당시에 신었던 신발 색깔이나 그날의 저녁 반찬, 라디오에서 나왔던 노래나 천장 벽지의 무늬 같은 것들이었다. 나는 아내를 위해 잘 기억나지 않는 그때의 풍경을 지어내거나 윤색하고는 했다. 결혼한 이후로는 그런 것에 대해서 이야기할 기회가 더 많았다. 아내는 평범하고 뻔해도 괜찮으니 솔직한 이야기를 해달라고 했다. 꾸미지 않고 과장하지 않은 이야기를.

"그럴듯한 게 좋은 것만은 아니라고요."

나는 사사로운 기억까지 훑어내어 보다 담백하게 말해 주었다. 아내는 내가 그렇게 말하는 것이 더 좋다고 했다. 아마도 그즈음부터 원고가 조금씩 달라졌을 것이다. 나는 아내를 통해서 얼마간 변하고 있었다.

"도와 레 사이, 미와 파 사이, 그사이에 두는 마음의 연주를 들을 수 있나요. 사랑은 사이에 있는 마음의 음정입니다."

강이 원고를 읽었지만 이건 아내에게 전하는 나의 세레나데였다. 아내는 라디오를 듣다가 꽤 오랫동안 울었다고 했다. 나는 눈물을 흘리며 치아를 만드는 아내의 모습을 떠올려보았다. 창고가 되겠다는 건 어떤 음정일까. 그날 밤 아내는 집으로 돌아오지 않았다.

잠을 깨우는 집요한 벨 소리에 눈을 떠보니 방 안으로 환한 빛이 들고 있었다. 부신 눈을 도로 감고 사방을 더듬거려 전화기를 집어들었다. 막내 피디였다.

"강 선배 요즘 불안했잖아요."

막내의 말에 순식간에 잠이 달아났다.

"홍보팀에서 공개방송 때문에 계속 전화했는데 어젯밤부터 꺼져 있대요."

어젯밤 강은 내게도 연락하지 않았다. 그는 누구와 무엇을 했을까.

"시도 때도 없이 연락해대는 사람들이 문제 아니냐?"

"지금이 몇 시인데 그런 말이 나와요?"

시계를 보니 오후 4시였다.

"강 선배 집 아시죠?"

"약 먹고 자고 있을지도 모르잖아."

"만에 하나 그게 아니라면, 그리고 오늘 방송은요?"

막내는 나를 붙잡고 늘어졌다.

강의 집에는 서너 번 정도 다녀온 적이 있었다. 평소에도 강은 뭔가에 홀린 듯 다급하게 나를 집으로 부르기도 했다. 메신저 창에 그의 집 현관 비밀번호가 남아 있을 것이었다. 택시를 타고 강의 집으로 향하는 동안 상식으로 해결할 수 없는 질문들이 솟구쳐오르기 시작했다.

원룸은 어둡고 습했다. 암막 커튼 사이로 조각난 빛의 잔상만이 가까스로 남아 있었다. 보이는 거라곤 침대와 러닝머신의 기묘한 형상이었다. 욕실 문이 조금 열려 있었고, 그 틈을 비집고 나온 빛이 사선으로 떨어졌다. 비스듬하고 기하학적인 빛의 무늬에는 강의 울음소리가 스며 있었다. 나는 가슴이 철렁 내려앉았다. 무슨 일이 벌어진 것이 분명했다. 거기, 하며 낮은 소리를 내보았다. 울음소리는 작고 지속적이지만 빈틈없이 들려왔다. 어떤 것도 방해할 수 없을 만큼 밀도 높은 울음이었다. 나는 문을 슬쩍 열어 보았다. 강은 즐겨 입는 가죽 재킷 차림으로 욕조 안에 웅크리고 있었다.

"왔냐?"

강은 마치 내가 올 것을 알고 있었다는 듯이 말했다. 순간적으로 험한 말이 튀어나올 뻔했지만 눅진한 그의 얼굴을 보자 마음이 가라앉았다.

"너 거기서 뭐 하는 거야?"

나는 욕실 안으로 들어가지 않았다. 억지로 울음을 삼키며 강이 말했다.

"영화 속 브루스 윌리스와 가수 브루스 윌리스는 같은 사람 맞지?"

"맞아. 우리가 아는 브루스 윌리스는 한 명뿐이니까."

"그 사람이 왜 내 이름을 부르고 있는 거지?"

그의 증세는 이전보다 심각해 보였다. 그러나 그런 그를 배려하고 있을 수만은 없었다.

"창고가 되겠다는 게 어떤 마음이겠냐고 말한 이유가 뭐냐."

나는 평소와 달리 그에게 소리치듯 말했다. 더는 시간을 낭비할 순 없었다. 여기까지 온 것도 그 말이 신경쓰였기 때문이었다.

"그걸 내가 어떻게 알겠어. 청취자들의 사연을 어떻게 다 이해하겠느냐고."

사연이라니. 누군가 창고가 되겠다는 사연을 보냈단 말인가.

"유진이 말이다."

강의 낮은 목소리가 욕실 가득 울렸다. 유진은 강의 전처였다.

"이혼할 무렵에 말이다. 유진이랑 같이 있을 때가 가장 불안했다. 누구와 대화를 나누는 건지도 모를 정도로 눈동자가 텅 비어 있더라. 유진이가 위험한 상태라는 건 알고 있었지만 이 정도였는지는 몰랐다."

강은 욕조에 깊이 파묻힌 채 말을 이었다.

"단 한마디 예고도 없이 가버렸다."

그의 말은 소스라치게 차가웠다.

"배 작가님, 욕조가 되겠다는 건 어떤 기분인 걸까."

강이 손을 뻗어 레버를 올렸다. 샤워기에서 온수가 떨어졌다. 이내 거울이 뿌옇게 덮였다. 수증기가 자욱하게 욕실을 점령해갔다. 강은 점차 욕조에 잠기고 있었다. 나는 강에게 다가가서 멱살을 잡아 쥐었다.

"넌 뭐 하고 있었던 거야. 그 정도밖에 안 되는 놈이었어?"

나는 강의 무기력한 모습에 화를 냈다. 그러나 그건 나를 향한 말이기도 했다. 강은 울음을 그치지 못했다.

"유진이가 욕조가 되겠다는 걸 트위터에 남겼더라. 나만 모르고 있었어."

강은 이제 자신 있는 목소리로 청취자를 사로잡던 그 디제이가 아니었다. 나는 강을 욕조에서 끌어내 거실로 데리고 나왔다. 곧 막내 피디가 도착할 것이었다. 나는 그를 내버려 둔 채 그 집을 빠져나왔다.

'무언가가 되겠다는 건 이미 되돌릴 수 없는 상태라는 거다.'

강이 체념한 듯 중얼거린 그 말이 귓가에서 사라지지 않았다.

정처 없이 떠돌다가 돌아가면 샤워를 마친 아내가 베란다에 앉아 창밖을 물끄러미 내다보고 있을 것만 같았다. 나는 전철역 주변을 배회했다. 포장마차와 편의점과 커피숍을 기웃거리기도 했다. 아내는 어디에도 없었다. 두려운 마음이 들기 시작했고, 발걸음이 조급해졌다. 나는 조금씩 비켜난 순간들을 바로잡고 싶었다.

집으로 돌아온 나는 라디오국 홈페이지에서 그 사연을 찾아냈다.

저는 차라리 창고가 되겠어요.

사연은 단 한 줄뿐이었다. 글쓴이의 아이디로는 어떤 정보도 알아낼 수가 없었다. 아내의 이름을 검색창에 넣어보았다. 아내와 동명인 사람들의 갖가지 행적이 검색어에 걸려들었다. 그러나 어디에도 아내의 흔적은 없었다. 나는 검색창에 청취자가 남긴 그 한 줄의 문장을 써넣었다. 일 초도 되지 않아 수십만 개의 검색 결과가 쏟아졌다. 사람들은 이제 무엇이 되겠다는 그 선언을 저마다의 방식으로 게시하고 있었다.

'소리를 듣고 있었어요.'

아내의 목소리가 들리는 것만 같았다. 나는 베란다에 쪼그리고 앉아 아내의 시선이 향했을 만한 곳을 찾아보려고 했다. 해진 벽돌과 붉은 조명, 거미줄 같은 전깃줄 사이로 보이는 한 뼘 하늘이 전부였다. 기공소에서는 아내가 일주일 전에 퇴사했다고 알려주었다. 아내는 어디로 출근했던 것일까. 태연히 아침을 먹고, 가방을 메고, 밖으로 나가선 무엇을 하고 온 것일까. 창고가 되겠다는 생각을 한 건 언제부터였을까. 어떤 마음으로 창고가 되겠다고 한 것일까. 누구에게 연락하면 될까. 나는 어디로 가야 하는 걸까.

나는 아내가 했던 대로 청진기의 이어피스를 끼고 청진판을 창문에 붙여보았다. 과장되어 들려오는 정체불명의 잡음에 귓속이 먹먹해졌다. 그때였다. 무언가가 쉭 하며 베란다 앞을 지나갔다. 너무 빨라서 형체도 제대로 알아볼 수 없었다. 청진기를 내려놓고 창가로 다가섰다. 희미하게 어떤 소리가 들려오고 있었고, 창문을 열자 좀 더 크게 들려왔다.

새들의 울음소리였다. 정확한 위치는 알기 어려웠지만 빌라 외벽에 새가 둥지를 친 모양이었다. 아내도 분명히 이 소리를 들었을 것이었다. 여태껏 몰랐다는 것이 이상할 정도로 새들의 지저귐은 또렷하고 생생하게 집 안으로 흘러들고 있었다.

다음날 아침, 파출소에 가서 실종신고를 했다. 경찰은 단순 가출일 확률이 높다며 주변 사람들에게 연락을 해보라고 조언했다. 아내의 인적사항과 연락처를 기입하고 있는데, 문득 시골집이 떠올랐다. 아내의 고향은 여수의 낭도라는 섬마을이었다. 단 한 번, 아니 장모님의 장례 때를 포함해 두 번 가본 곳이었다. 대학 진학을 위해서 스무 살에 섬을 떠난 아내는 이 년에 한 번씩 섬에 들어갔다. 명절이나 집안 대소사 때문만은 아니었다. 섬이 불현듯 아내를 부르는 날이 있다고 했다. 하지만 그곳에도 없다면…… 더는 생각의 폭을 넓혀가면 안 될 것 같았다.

"마디마다 숨소리가 나네."

"손가락에서 어떻게 숨소리가 나요."

언제였을까. 아내가 손가락을 바라보며 혼잣말했을 때 나는 괜스레 핀잔을 줬다. 그것이 통증의 은유였다는 것을 이제야 짐작할 따름이었다. 어떤 기억은 벼랑 끝 나뭇가지에 간신히 매달려 있었다. 나는 손을 거두지도, 더 멀리 내뻗지도 못한 채 그 장면을 지켜볼 뿐이었다.

먼저 편지를 쓴 사람은 아내였고, 만나자고 한 사람도 아내였다. 아내를 처음 만난 것은 공개방송 때였다. 아내는 누구도 관심을 준 적이 없었던 방송 작가를 기어코 찾아내어 작은 종이가방을 건넨 뒤에 사라졌다. 종이가방 안에는 조지 해리슨의 시디와 편지가 들어 있었다.

10월 7일 방송의 오프닝 멘트 있잖아요. 사람이 사람을 이해하기 위해서는 온 우주의 에너지를 써야 한다. 제 마음과 꼭 같아 그 후로 놓치지 않고 듣고 있어요.

나는 호기심과 설렘을 담아 다음날 방송의 오프닝 곡으로 비틀스의 〈Something〉을 선곡했다. 어떻게 알았는지 휴대전화로 아내에게 연락이 왔다. 돌이켜보면 아내는 나에게 기대나 확신을 품고 있었던 듯하다. 하지만 아내가 보낸 편지에는 오류가 있었다. 그날 나는 오프닝 원고에 '사람이 사랑을 이해하기 위해서는 온 우주의 에너지를 써야 한다'라고 썼다. 디제이가 잘못 말한 건지, 아내가 잘못 알아들었는지 정확히 알 수는 없었다. 하지만 사람과 사랑 사이에는 분명한 골이 존재했다. 미음과 이응은 사각형과 동그라미처럼 영영 겹칠 수가 없는 것이다.

여수 여객선 터미널에 도착하자 해는 이미 기울어버렸

다. 터미널에는 색색의 보따리를 인 아주머니들이 분주하게 걸어가고 있었다. 낭도로 가는 배는 하루에 두 번 있었고, 마지막 배는 이미 떠난 후였다. 터미널 화장실 벽면에는 수많은 전화번호가 낙서처럼 적혀 있었다. 그중 '낭도'라고 적힌 번호로 전화를 걸었다.

나는 통선 한가운데에 있는 이인용 가죽 소파에 앉았다. 배는 컴컴한 밤바다를 날카롭게 갈라내며 빠르게 나아갔다. 소파의 찢어진 가죽 사이로 노란 솜이 튀어나와 있었다. 선장이 배를 몰면서 나를 힐끔대는 탓에 편히 기대지 못했다. 삼십 분 정도 바다를 가로지르자 어둠 속에서 긴 선창이 나타났다. 그는 선창에 배를 대고 능숙하게 밧줄을 묶었다. 내가 일어나자 그는 곧장 천으로 가죽 소파를 구석구석 닦기 시작했다. 나는 녹이 슨 간이 계단의 손잡이를 잡고 배에서 내렸다. 그는 소파에 앉아 담배를 꺼내 물었다.

"한 시간이오. 못 올 것 같으면 미리 전화를 주시오."

왕복으로 뱃삯을 지불했기에 배에서 기다리려는 모양이었다. 툴툴거리던 엔진 소리가 멈췄다. 나는 섬을 향해 돌아섰다. 어디 숨어 있던 건지 모를 별들이 하늘에서 쏟아질 듯 반짝이고 있었다. 그날과 꼭 닮은 풍경이 펼쳐졌다. 바다는 선창을 중심으로 두 갈래로 나뉘었다. 밀려오는 파도에 맞춰 숨을 들이마시던 아내의 모습이 눈앞에 보이는 것만 같았다.

"여긴 온통 갯벌이에요. 물에 잠겨도 갯벌은 늘 숨을 쉬어요."

아내의 얼굴은 밤공기처럼 맑았다. 아내는 어디론가 달려가더니 손수레를 끌고 돌아왔다. 우리는 꾸려온 짐을 모두 손수레에 실었다. 그러더니 아내는 폴짝 뛰어 손수레에 올라탔다.

"요령 있게 끌어봐요. 나는 지금 엄마 혼자 놔두고 결혼하겠다고 알리러 가는 딸 역할을 해야 하니까."

"잘된 일이라고 했잖아요, 장모님께도."

"그건 어디까지나 우리의 입장이에요."

나는 손잡이를 가슴팍으로 붙들고 수레를 끌었다.

울퉁불퉁한 길 위에서 몇 번이나 바퀴가 튀었는데도 아내는 신이 나 웃어댔다.

"더, 더, 더."

아내의 추임새는 혼선된 기억이 만들어낸 것인지도 몰랐다. 그날이 더웠는지 추웠는지도 이젠 가물가물했지만 그 집에 도착하기 전에 와이셔츠 안쪽이 젖어버린 건 분명했다. 아내는 우물가 삼거리에서 오른쪽으로 꺾으라고 했다.

"여기서 우린 빨래를 했어요."

우리라는 말이 누구를 뜻하는지 정확히는 알 수 없었지만 아내의 목소리에는 오래된 풍경이 녹아 있었다. 나는 손수레를 끄는 데 정신이 팔려 뒤를 돌아보지 못했다.

"한 상 거하게 차려놨응께."

아내의 사투리는 처음 들어보았다. 하긴 우리가 함께하는 순간에 처음이 아닌 일이 있었을까. 집은 낮은 돌담으로 둘러싸여 안이 훤히 들여다보였다. 어디에도 대문은 없었다. 나는 아내가 멈추라는 돌담 앞에 손수레를 세웠다.

"계십니까?"

문지방 너머로 밤이 고요하게 펼쳐졌다. 달빛이 내려앉은 마당은 어둡지 않았다. 처마 아래에만 시커먼 그림자가 드리울 뿐이었다. 나무 기둥을 더듬어 전등 스위치를 찾아냈다. 파밧, 하는 소리와 함께 처마의 전등이 켜졌다. 숨어 있던 고양이 두 마리가 재빠르게 서로를 쫓아 달아났다. 나는 멈칫하며 한 걸음 뒤로 물러났다. 집에는 아무도 없었다. 오래전부터 누구도 없었다. 집이 그렇게 말해주었다. 나는 기둥 초석에 털썩 앉았다. 휴대전화로 시간을 확인했다. 배가 출발하기까지 사십 분가량 남아 있었다.

마당 한 편에 축사로 쓰던 창고가 있었다. 예전에는 축사 안에 재래식 화장실이 있었다. 하지만 지금은 변기를 수거했고, 그 자리를 시멘트로 메워두었다. 창고에 들어서자 어디선가 바람 소리가 들려오는 것 같았다. 다리가 떨리고, 몸이 떨렸다. 아내가 창고가 되겠다고 말했을 때 무슨 말이라도 했다면 지금 이 순간은 달라졌을까. 늘 한마디가 모자란 것인지도 몰랐다.

섬에 처음 도착한 그날, 장모님은 개불과 멍게, 따개비와 구운 우럭을 먼저 내오셨다. 내가 밥을 한 그릇 비우자 이번에는 양푼에 큼지막한 고깃덩어리를 덜어왔다. 염소라고 했다. 수놈을 잡아 고기를 썰고 남은 것으로 즙을 짰으니 가져가라고 덧붙였다. 아내는 흑색의 살코기를 떼어내 빈 밥그릇 안에 넣어주었다. 고기를 다 먹고 나자 굴을 넣은 김국이 나왔다. 나는 처음 먹어 보는 갯가 음식에 이내 배를 부여잡고 마당의 창고로 내달렸다. 장모님과 아내의 웃음소리가 들려왔지만 체면을 차릴 여유가 없었다.

재래식 변기는 군대 훈련소 이후 처음이었다. 벨트를 풀고 바지를 내리자 서슬 같은 바람이 사타구니를 훑어댔다. 나는 쪼그리고 앉아 긴장을 풀었다.

"그 꿈 말이에요."

아내의 목소리가 벽 너머에서 들려왔다. 나는 어쩐지 뻘쭘해서 괜스레 헛기침만 연신 해댔다. 찬 바람이 사정없이 엉덩이를 긁어댔다. 고개를 들어보니 창고의 지붕이 뚫려 있었다. 별 무리가 달려들 기세로 빛을 내뿜고 있었다.

"치아가 구강으로 나가지 않고 먼 모험을 떠난 이유는 간단해요. 확인하고 싶었던 거예요. 냄새나는 입안에 갇힌 채 평생을 희생한 자신들의 쓸모가 과연 무엇이었는지 말이에요."

아내는 훗날 자신이 꾸게 될 꿈 이야기를 하고 있었다. 어쩌면 미래의 아내가 나타나 이미 꾸었던 꿈을 이야기하고 있는 건지도 몰랐다. 아내와 나는 아직 결혼하기 전이었는데, 우린 마치 여태껏 함께 살아온 사람들처럼 대화를 나누었다.

"그렇다면 그 꿈은 전지적 시점이었나요?"

아내는 쿡 웃었다. 창고의 가벽은 작은 소리도 차단하지 못했다.

"일인칭이에요. 나는 당신을 분명히 알아볼 수 있었어요. 저항군의 긴 여정을 지휘한 자가 바로 당신이었거든요."

"나는 그럴 배짱이 없는걸요."

"어쩌면 대장은 나였는지도 몰라요."

"음, 과연. 그렇다면 나는 당신을 호위하는……."

"사랑니겠죠."

그러자 거짓말처럼 이가 욱신거렸다. 오른쪽 어금니 뒤로 누운 작은 뼈가 혀에 닿았다.

"사랑니 난 거 어떻게 알았어요?"

아내는 답이 없었다. 나는 조바심에 서둘러 질문을 이었다.

"창고가 되겠다고 한 까닭은요?"

아내는 더 이상 응답하지 않았다.

바람이 한차례 몸을 훑고 지나갔다. 바람에는 재래식 화장실 특유의 누린내가 섞여 있었다. 창고의 어둠 속에서 기척이 느껴져 돌아보니 작은 짐승의 실루엣이 보였다. 한순간 새끼 염소 한 마리가 어둠을 뚫고 나와 벌거벗은 허벅지를 향해 머리를 들이밀었다. 이방인에게 화가 난 모양이었다. 나는 달려드는 새끼 염소를 가까스로 붙들고 등허리를 쓰다듬었다. 털이 곱고 부드러웠다. 염소를 진정시킨 뒤 바지를 올리고 벨트를 채웠다. 그제야 창고 안이 눈에 들어왔다. 염소 우리 옆으로 오래된 농기구와 뚜껑 없는 페인트통과 색이 바랜 황주전자와 볏짚이 정돈된 널찍한 창고였다.

"이 밤이 지나고 나면 나는 당신을 당신이라 부를 거예요. 당신도 나를 당신이라 부를 거고요. 우리는 서로에게 당신이 될 겁니다."

아내는 대답하지 않았다. 그때였다. 아내가 치기공사를 선택한 이유는 온종일 라디오를 들을 수 있기 때문이라고 말했던 게 생각났다.

"라디오."

나는 옷매무새를 고르고 힘주어 말했다.

"나는 창고 안의 라디오가 되겠어요."

"창고에 전기가 없으면요?"

다시 아내의 목소리가 들려왔다. 대화가 끊길까봐 얼른 답을 붙였다.

"태양광으로 돌아가는 라디오거든요."

"어두컴컴한 창고 속에 있을 텐데요."

"천장이 뚫려 있어요. 그래서 늘 하늘이 보이죠."

"별도 보일까요?"

"눈송이와 소나기와 한 쌍의 새도 보일 겁니다."

"그럼 어떤 사연을 읽어줄 거죠?"

"손톱에 처음으로 봉숭아 꽃물을 들였을 때의 기분이나 그날 먹었던 솜사탕의 촉감 같은 거. 우물에서 빨래할 때의 표정 같은 거."

"그런 걸 청취자가 좋아하기나 할까요?"

"그렇다면 밀크셰이크를 좋아하는 여자에 대해서 말해주겠어요, 청취자 양반."

"나는 양반이 아니라 창고란 말이에요."

"창고님은 오늘 어떤 물건을 수납하셨죠?"

"못생기고 주파수도 못 잡는 트랜지스터 라디오. 게다가 태양광이에요. 고장도 나지 않는. 아니, 고장이 나서 창고에 있는 거예요. 그래서 주인은 영 심술이 나버렸어요."

"주인이 누구죠?"

"창고가 주인이에요."

아내의 수줍은 웃음소리가 들려왔다. 아내가 그렇게 웃는 것을 보지 못해 아쉬웠다.

"당신이 사라진 그 밤에 밀크셰이크를 샀어요. 그걸 왜 그렇게 좋아하나 궁금했거든요."

그날 나는 밀크셰이크 한 컵을 빨대로 천천히 마셔보았다.

"소리 때문이죠? 온 우주가 빨려들어가는 듯한 소리가

밀크셰이크에서 나고 있었어요."

그 소리가 텅 빈 창고처럼 점점 비워지던 아내를 채우고 있었을 것이다.

"틀렸어요."

아내의 목소리는 단호했다.

"숨소리를 듣기 위해서예요."

숨소리라니. 그러나 나는 말을 잇지 못했다. 그때 마침 전화벨 소리가 울렸기 때문이었다. 벨 소리에 온 감각을 기울이게 되었다. 어디에서 온 것일까. 어디로 가닿을까. 나는 창고의 벽에 두 손을 가져다 댔다. 그리고 아내에게 하지 못했던 말을 하기로 결심했다.

"당신이 처음으로 내게 쓴 편지 말이에요. 원래 원고에는 사람이 아닌 사랑이라고 적혀 있었어요. 사람이 사랑을 이해하기 위해서는 온 우주의 에너지를 써야 한다고."

"알고 있어요."

아내는 대수롭지 않게 말했다.

"그건 순전히 다른 뜻이잖아요."

"같은 뜻이기도 해요."

아내는 그렇게 말하며 밤하늘을 올려다보았다. 창고 벽에 가로막혀 있어도 이제 나는 아내를 볼 수 있었다. 나는 무엇이든 될 수 있을 것만 같은 기분을 느꼈다. 오래된 트랜지스터 라디오가 되어 아내를 향한 주파수를 쏘는 것이다. 창고의 가벽 너머로, 우리가 마주할 수 있는 밤으로, 영원으로, 우주가 빨려들어가는 소리를 들려줄 수 있을 것이다.

아니, 그건 단지 숨소리라고 창고가 말했다.

해설

소설 악보: 선과 선을 연결하는 음표들

허희(문학평론가)

1. 전방위 예술가의 창작

창작이 곧 발견이라는 주장이 있다. 인간 본성을 포함한, 모든 대상의 본질을 직관하려는 인식 행위가 창작의 근원이라는 견해이다. 이는 헨리 필딩이 제시한 소설관을 예로 들어 소설의 이론을 설파하는 밀란 쿤데라의 입장과 일치한다. 소설은 소설가의 존재 이유이다. 동시에 소설은 그가 발견하려는 현실에 의해 규정된다고 쿤데라는 덧붙인다.[1] 문학에 관한 당연한 일반론처럼 들릴지도 모른다. 하지만《되겠다는 마음》을 탐색하는 데는 적잖은 효용을 발휘한다. 미리 밝혀두건대 이 책은 텍스트의 내재적 독해만으로는 전체상을 파악하기 곤란하다. 이미 다방면에서 작가로

1 밀란 쿤데라, 박성창 옮김, 〈소설의 이론〉,《밀란 쿤데라 전집13: 커튼》(2판), 민음사, 2012, 18쪽 참조.

활동해온 오성은의 첫 번째 소설집인 까닭이다.《되겠다는 마음》은 소설가로서의 첫걸음이되, 그가 걸어온 작가로서의 여정을 함께 고려해야 하는 창작물이다.

변신 욕망이 부글대는 모델계를 배경으로 화려한 성공의 이면을 묘파한 중편소설 〈런웨이〉(2018)로 등단하기 전부터 오성은은 여행 에세이스트로 이력을 쌓아왔다. 부산 기장군 대변 포구 등을 소개한《바다 소년의 포구 이야기》(2014), 마닐라 등 외국 도시에서의 경험담을 기록한《여행의 재료들》(2017)이 그러하다. 직접 작사 작곡한 노래도 부른다. EP 앨범 〈This is my〉(2019)가 그 예다. 〈향기〉와 〈응시〉라는 단편 영화를 제작한 적도 있다.[2] 또한 TV와 라디오 진행자로서의 경력까지 쌓았다. 그러면서 꾸준히 글을 써왔는데, 음악과 소리로 영화에 착목한 산문집《사랑 앞에 두 번 깨어나는》(2020)과 사진 에세이《속도를 가진 것들은 슬프다》(2021)를 출간했다. 이처럼《되겠다는 마음》을 내기 이전부터 그는 여러 예술품을 창작하는 작가였다.

스스로는 이와 같은 창작 과정을 "단조로운 일상 속에서 발견하는 생의 몽롱함과 낮은 읊조림, 상처의 흔적들, 비로소 길어 올린 희망과 환희를 탐구"[3]하는 것이라고 기술한

2 〈향기〉는 영상을 찾지 못했다. 〈응시〉는 유튜브에서 감상할 수 있다.

3 2019년도 한국예술창작아카데미 참여 차세대 예술가 인터뷰. https://blog.naver.com/jump_arko/221593260218

바 있다. 위에 언급한 쿤데라의 언설과 겹친다. 실은 쿤데라 역시 소설가이면서 작곡을 공부하고, 영화에 몰두한 작가였다. 이제 막 소설가로서의 삶을 시작한 오성은과 소설가로서 거대한 업적을 거둔 쿤데라를 비교하는 일 자체가 가당찮을 수 있다. 그러나 오성은은 능숙하지 않을지라도 음악과 영화의 바탕 위에서 소설을 쓰고, 소설가로서의 자의식을 간직한 채 여타의 창작에 임한다. 사실상 그가 만든 모든 예술품에는 "단조로운 일상 속에서 발견하는 생의 몽롱함과 낮은 읊조림, 상처의 흔적들, 비로소 길어 올린 희망과 환희"가 녹아 있다. 이번 소설집에 실린 작품들도 예외가 아니다.

구체적으로 세 가지 구도로 실현된다. 이것은 오성은이 오랫동안 발견해온 현실과 앞으로 발견하려는 진실과 관련을 맺는다. 떠난 자와 남겨진 자의 자취(〈고, 어해〉 〈무명의 사람들〉 〈아주 잠시 동안〉), 위로와 복수의 불가분한 얽힘(〈핑크문〉 〈추억을 완성하기 위하여〉 〈밤은 농담처럼〉), 비현실과 현실 횡단(〈가방 안에 들어간 남자〉 〈창고와 라디오〉)이 여덟 편의 단편에 따로 또 같이 새겨져 있다. 세 가지로 범주화하였으나, 이상의 분류는 거듭 이야기하는 바 철저하게 구획될 수 없다. '되겠다는 마음'이라는 제목이 아우르는 대로 소설들은 저마다 음표가 되어 악보를 구성해낸다.[4] 그렇게 노래가 되어가는

4 위의 인터뷰를 오성은은 "나에게 문학이란 음표입니다. 오직 음표만이 선과 선을 연결합니다"라고 마무리한다.

순간이 종종 어색하고, 밋밋한 감도 없지 않다. 다만 한 가지는 분명해 보인다. 화법을 갈고 닦는 도정에 있을지언정 그가 자기만의 또렷한 음색을 가진 작가라는 점이다. 익숙한 노래를 불러도 오성은이 부르면 다르게 들린다.

2. 떠난 자와 남겨진 자의 자취

오성은에게 부산—바다를 빼놓을 수 없을 것이다. 첫 번째 에세이집《바다 소년의 포구 이야기》를 비롯해 여러 지면에서 그는 부산—바다와 떼려야 뗄 수 없음을 강조한다. "마도로스의 아들로 부산에서 태어나 자의 반 타의 반 바다를 떠나지 못해, 바다와 더불어 소설과 여행을 꿈꾸고 쓰며 살고 있다."[5]라는 문장이 이를 예증한다. 아버지는 외항 선원이었는데, 아들이 태어나자 타국에서 그의 이름을 지어 편지로 보내주었다고 한다. 이름으로 대변되는 존재의 명명이 바다 건너 이루어진 사실을 자기소개로 갈음할 만큼, 이러한 사건은 그의 정체성 형성에 주요하게 작용한 듯하다. 오성은이 지닌 여행자로서의 면모도 부산—바다의 성격과 결부된다. 여기에 살고 있으면서, 언제든 자신이 떠날 수 있다는 방랑벽, 누군가를 떠나보낸 뒤에 홀로 남겨지는 쓸쓸함을 그는 잘 알고 있다.

5 오성은,《바다 소년의 포구 이야기》, 봄아필, 2014, 작가 소개 면.

오성은에게 부산—바다는 물리적 공간이 아니다. 그는 감각적 장소로 인식한다. 〈고, 어해〉가 《되겠다는 마음》의 서두를 여는 작품인 연유도 거기에 있다고 짐작된다. 바다야말로 그의 시원이다. (그러면 〈창고와 라디오〉로 소설집을 매듭짓는 의도를 알 법하다. 이 작품에도 바다가 등장한다. 물론 양자에는 차이가 있다. 전자의 주인공은 바다를 향해 홀로 진로를 틀고, 후자의 주인공은 바다를 건너와 아내를 만나려고 한다. 상처를 외면하지 않은 다음 "비로소 길어 올린 희망과 환희를 탐구"하겠다는 오성은의 의지는 이상의 배치로 구현된다.) 〈고, 어해〉는 바다에서 금광호를 타고 수십 년의 세월을 보낸 심광배를 조명한다. 본명보다 "노인"으로 소설에서 지칭되는 그는 수명을 다한 금광호와 운명 공동체이다. 이때 배는 단순한 사물이 아니라 "처절한 울음소리"를 내는 생물과 같다.

사물을 폐기하기는 쉬우나 생물을 버리기는 쉬운 일이 아니다. 더구나 그것이 자기와 긴 세월을 보냈다고 하면 더욱 그러기 어렵다. "노인은 몸이 으스러지는 순간까지 금광호의 선장으로 바다에 남고 싶"어한다. 그래서 그는 범법 행위에 가담한다. "이 항구에서 가장 믿음직한 사람은 금광호의 심광배 선장님이라는 최 사장의 말"도 큰 영향을 끼쳤다. 갈수록 존재감이 희미해지는 이를 향한 그러한 언사는 목적이야 어떻든 그에게 따뜻하게 들렸다. "자신의 쓸모가 무엇인지 확인하기 위한 여정으로 이 일을 도맡은" 노인은 "바다의 노랫소리"를 듣는다. 평생을 바다에서 보낸 그를 위한 위로곡이자, 그의 마지막이 구차해서는 안 된다고 일깨우는 곡이었으리라. 노인은 육지로 귀환하여 치욕을 감내하는 삶 대신 "처음 보는 바다"를 향해 금광호로 '고 어해'(Goahead), 즉 전진하는 길을 택한다. 이렇게 그는 떠난 자가 되었다.

이와 반대로 남겨진 자의 심정은 부산 사상구의 터미널을 배경으로 한 〈무명의 사람들〉에서 두드러지게 나타난다. 이 소설에 나오는 인물들—경두, 진수, 미란, 상주 이모 등은 전부 소중한 사람을 원치 않게 떠나보냈다. 경두는 아내 순주를, 진수는 동생을, 미란은 부모를, 상주 이모는 아들 상주를 잃었다. 이들은 떠남과 남겨짐이 빈번하게 일어나는 터미널에서 인연을 맺는다. 그러기에 이 작품의 주된 장소인 터미널은 〈고, 어해〉의 항구가 가진 속성과 유사하다. 상주 이모는 다음과 같이 말한다. "상주 말이네. 십이 년이 됐지. 슈퍼 간다고 나갔다가 돌아오질 않더라니. 어데 행방이나 들었으면 좋겠는데. (……) 전국을 수소문하다가 가게를 하나 냈네. 터미널 뒤에. 앞쪽으론 돈이 부족해 안 되었고. 조금이라도 터미널 가까이 두면 지가 안 찾아오겠나 싶었던 게야."

그녀뿐 아니라 짝과 사별한 경두도 비슷한 마음이었을 테다. 그렇지만 언제까지 그곳에 머물 수 있을까. 어느 사이에 남겨진 자는 떠난 자로 변모할 수 있다. 이를테면 〈아주 잠시 동안〉의 태윤이 그러하다. 건반 연주자인 그는 동거하던 연인을 떠나보냈고, 나중에는 영영 헤어져버렸다. 그런데 태윤은 그녀와 함께 지내던 집에 계속 머문다. 떠난 사람이 다시 돌아오길 바라며 기다린 것일까. 그와 친분이 있는 이는 조심스레 추측한다. "안 올 걸 알았을 거야. 형수가 한 고집하는 사람이었거든. 그래도 돌아올 데가 있는 거랑 없는 건 전혀 다른 문제니까." 이에 대하여 기훈은 또 다른 생각을 떠올린다. "그가 바라는 건 모든 게 제자리로 돌아오는, 그것이었던가. 그러나 그도 그런 게 가능할 리가 없다는 걸 분명 알고 있었다. 그가 한때 미워했던 도돌이표처럼. 그가 사라져버린 건 더는 그 집에 남아 있을 필요가 없어졌기 때문이었다."

남겨진 자는 언제 떠나는가. 〈아주 잠시 동안〉에 따르면, 자신이 남아 있어도 더 이상 이전으로 돌이킬 수 없음을 인지하는 순간 그는 남아 있기를 그만둔다. 그 반대도 마찬가지이다. 떠난 자는 언제 남겨진 자로 변하는가. 자신이 어딘가를 계속 떠돌아도 더 이상 낯설음을 느끼지 못하는 순간 그는 떠나 있기를 멈춘다. 이런 식으로 남겨진 자는 떠난 자로, 떠난 자는 남겨진 자로 변화한다. 따라서 떠난 자와 남겨진 자의 심경은 완벽하게 구분되지 않는다. 처한 상황과 조건의 양상에 의하여 그는 떠난 자 혹은 남겨진 자로 자리 바꿈한다. 그러는 가운데 떠난 자이면서도 남겨진 자의 슬픔에 대하여, 남겨진 자이면서도 떠난 자의 미련에 대하여 오성은의 소설은 오래 되새긴다.

3. 위로와 복수의 불가분한 얽힘

오성은은 신문 지면에 음악 칼럼을 연재한 칼럼니스트이다. "음악을 선물하는 이들을 존경하고 존중합니다. 이건 그들의 시간을 선물하는 일이기도 합니다. 그 시간은 이제 저의 시간과 겹쳐져 하나로 또 둘로 분리되기도 하겠지요. 하나 혹은 둘, 그 사이에서 녹아난 이야기를 쓰고자 합니다. 음악에 대해 쓰는 일을 멈추고 싶지 않습니다. 그들의 시간을 제가 대신 느끼는 일이기도 하니까요. 결국 제 시간 속에서 자연스레 녹아나도록 되어 있어요. 음악이란 녹아나는 것이기도 하겠습니다."[6] 구독자들에게 음악을 선물하는 음악 칼럼니스트가 주인공인 〈핑크 문〉은 그의 자전적 요소가 반영된 소설이다. "남자는 모 대학의 문예창작학과를 나왔고, 한때는 소설가를 꿈꿨으며 (……) 외항선 선원인 아버지"라는 구절도 그러하다.

그럼에도 불구하고 작중 인물과 오성은은 동일인이 아니다.[7] 이 소설에서 그는 자신을 투영한 캐릭터와 핑크 문을 선점한 여자를 통하여 작가의 쓰기와 독자의 읽기가 어떤

6 오성은, 〈음악을 선물하는 마음: 오성은의 사적인 LP〉, 경북도민일보(http://www.hidomin.com), 2022년 1월 6일.

7 어떤 자전 소설도 실제 작가를 고스란히 담아낸다고 할 수는 없다. 심지어 자서전마저도 그렇다. 자서전은 스스로의 진면목을 드러내는 듯하지만 한편으로 스스로를 속인다. 이에 대해서는 루소의 고백록을 분석한 필립 르죈, 윤진 옮김, 《자서전의 규약》(문학과지성사, 1998)을 참조.

식으로 엮이는가를 장르적으로 서사화한다. 희귀 LP 핑크 문을 매개로 그녀는 '나'와 대화를 나눈다. 알고 보니 여자는 남자의 LP 구독 서비스 이용자이다. 음악 칼럼니스트인 '나'의 정체도 알고 있다. 그녀는 음악 칼럼 연재를 중단하겠다는 말에 결심을 굳힌다. 무엇인가 하면 '나'를 죽이겠다는 것이다. 급작스러운 분노가 아니다. 여자는 그를 없애고, 자신이 칼럼 연재를 이어 나갈 것임을 선언한다. "이제 그 칼럼은 작가님의 이름으로 제가 쓰게 될 거예요. 우리는 칼럼 안에서 완벽하게 하나가 될 수 있을 거예요. 작가님 언어가 나의 생각이고, 나의 상상력이 작가님의 문장이에요. (……) 작가님과 저는 하나가 되는 거예요. 핑크 문의 뒷면처럼 완벽히 새로운 세계에서."

그녀는 음악을 경유한 '나'의 글에서 강렬한 위로를 얻는다. "나는 처음으로 내 마음을 이해받고 있다는 느낌을 받았어요. 당신이 나의 구원자예요"라고 고백할 정도이다. 여자는 그가 건넨 지금까지의 위로—이해와 구원이 지속되기를 바란다. 하지만 그녀 앞에서 '나'는 음악 칼럼니스트로서의 글쓰기를 포기하겠다고 발설했다. 그리하여 여자는 결단 내린다. 그의 실체를 지우고, 그의 이름을 빌려 살아가겠다고. 그녀가 '나'를 살해하고 유령 작가로 살아가려는 시도는 정말 성공한 것일까. "책상에 엎드려 잠든 모양이었다"라는 문장으로 미루어보건대, 이것은 원고 마감에 시달리던 그의 꿈으로 해석하는 편이 옳을 것 같다. 한데 그 꿈은 깨고 나서도 '나'를 사로잡는다.

"입가에 맴도는 멜로디가 있었다. 눈을 감자 어둠 속에서 거대한 핑크 문이 떠올랐다. 여자와 내가 살고 있는 그 핑크 문이. (……) 핑크 문은 누구도 아닌 우리를 위해서만 뜨는 달. 조금도 모호하지 않은 명백한 달." 저자의 죽음과 독자의 탄생이라는 텍스트 구조주의의 고전적 명제[8]를 비틀어 오성은은 저자와 독자가 분열한 채로 한 몸이 된 신(新)작가를 전면에 내세운다. 저자의 인정 욕구와 독자의 공감 욕구를 빈틈없이 만족시키는 메커니즘. 이로써 〈핑크 문〉에서 저자가 건네는 위로가 독자에게 송신되지 못함으로써 발생하는 복수도 종결된다. 그것이 행복한 결말이라고 볼 수는 없다. 소설은 그가 원고를 기자에게 전송하는 장면으로 끝나지 않는다. '나'는 보내기의 클릭을 유예한다. 핑크 문이라는 자족적인 세계의 구축으로 봉합되는 위로와 복수는, 이를 조금이라도 벗어나면 허물어지는 탓이다.

시간의 풍화 작용에도 마모되지 않는 위로와 복수의 관계는 〈추억을 완성하기 위하여〉에 그려진다. 이 작품은 "음침한 기운이 도는 사내"에게 대리운전을 맡긴 기찬의 이야기이다. 회사원인 그는 직장상사와의 불화로 마음이 편치

8 롤랑 바르트, 김희영 옮김, 〈저자의 죽음〉, 《텍스트의 즐거움》, 동문선, 1997.

않다. 이러는 와중에 자기 친구를 처벌하겠다고 이상한 말을 하는 대리운전 기사를 만난다. 그 뒤 작품 내 시간은 이들의 열세 살 시절로 거슬러 올라간다. 기찬은 태명과 두재와 같은 반이다. 안하무인의 두재는 특히 태명을 집요하게 괴롭힌다. 그러다 일이 터진다. 두재 패거리인 형규에게 태명이 칼을 빼든 것이다. 기찬이 건네준 칼이었다. 유혈 사태가 벌어지지는 않았지만 복수 역시 끝나지 않는다. 태명은 "이십 년, 아니 삼십 년 후엔, 그땐 진짜로 할게"라고 한 자신의 다짐을 실행해 옮길 준비를 해왔다.

그의 복수는 기찬에게도 다다른다. 두재의 체육복을 훔치고 침묵하던, 태명에게만 칼을 쥐어주고 방관자인 양 행동하던 기찬의 비겁함은 그 자체로 복수의 대상이 될 수 있다. 그때 완성될 추억이 아름다울 리 없다. 복수하겠다는 일념으로 태명은 본인의 삶을 위로해왔으니까. 그것은 세월의 무뎌짐을 견뎌낸다. 이와는 상이한 방향에서 복수가 위로로 흘러가는 소설이 〈밤은 농담처럼〉이다. 할머니 장례식장에서 주희는 종수에게 화가 나 있다. 그가 할머니 등 가족을 고생시킨 삼촌을 자꾸 떠올리게 만들어서다. 그러나 밤을 지새우는 동안, 어린 종수에 대한 기억과 여전히 따스한 그의 심성에 감화받아 주희는 얼어붙은 마음이 점점 녹는 것을 느낀다. 따져보면 적대할 사정이 없었다. 복수는 방향과 목적을 잃기 쉽다. 위로는 그렇지 않다. 복수에서 반전한 주희의 위로는 종수에게 정확히 가닿는다. 그러자 "종수는 이내 아이처럼 울었다." 희극인을 꿈꾸는 청년의 웃음 뒤에 감춰진 눈물을 복수는 터뜨리지 못한다.

4. 비현실과 현실 횡단

오성은은 사진을 찍는다. 그는 앞으로 떠밀려가는 속도에 저항하는 작업이라고 쓴다. "속도를 가진 것들은 과연 슬프다. 속도가 당신을 자꾸만 앞으로 밀어붙이기 때문이다. 그렇다면 멈출 수는 없는가, 반대 방향으로 되돌릴 수는 없는가. 앞으로 가야 하는 운명이라 해도 잠시 과거로, 이전으로 되돌아갈 수는 없는가. 나는 사진이 그것을 해낸다고 믿고 있다. 소설과 음악과 영화가, 내가 공부하고 즐기고 사랑하는 모든 창조 행위가 어쩌면 속도에 대항하기 위한 작은 노력, 애씀이라고 믿고 있다."[9] 그에게 속도란 뒤돌아볼 새 없이 미래를 향해 휘몰아치는 시간의 순행적 흐름을 가리킨다. 반면 예술은 시간의 역행적 흐름을 창안하는 "창조 행위"로 규정한다. 당장 눈에 보이지 않더라도 결코 없다고 할 수 없는 것들에 대하여 오성은은 다양한 형태로 존재 가치를 증명해온 셈이다.

가령 《되겠다는 마음》에서 환상적 색채가 특징적인 단

9 오성은, 〈프롤로그〉, 《속도를 가진 것들은 슬프다》, odos, 2021.

편들을 실례로 들 수 있다. 환상은 허황된 공상이 아니라 현실의 이면을 확장한 것이라는 견해를 먼저 염두에 둘 수 있으리라. 환상적 서사가 실제로 구현될 리 없다. 하지만 소설의 환상성은 협소한 현실 관점을 전복하고, 우리가 인식하지 못한 영역 또한 누군가의 현실일 수 있음을 일깨운다. 〈가방 안에 들어간 남자〉가 대표적인 예시이다. 이 작품은 목차 상 바로 앞에 배치된 〈무명의 사람들〉에서 거론된 단서를 잇는다. (“경두는 가방 안에 사는 한 남자에 관한 모노드라마를 쓰고 있었는데 여배우를 등장시켜 그 남자를 가방 밖으로 나올 수 있게 결말을 고쳤다.”) 그렇다고 볼 때 〈가방 안에 들어간 남자〉는 일인극은 아닐지라도, 경두가 결말을 고치기 전 작품이라고 해도 무방하다. K 외에는 모든 것을 삼키는 가방을 고려하자. 이 소설은 한 편의 부조리극을 연상시킨다.

“가방 안에 무언가를 넣어야 할 때가 온 것이었다. 그건 가방의 갈증이었다. 가방과 자신은 무언가로 연결되어 있다고 K는 생각했다”라는 부분에서 알 수 있다. 가방과 K는 분리 불가능하다. 가방의 갈증을 충족시키고자 그는 살인까지 서슴지 않는다. 이에 휘둘리고 싶지 않아 가방을 버리지만, 돌고 돌아 가방은 K에게로 귀환한다. 자신만은 삼키지 않는 가방 안에 들어간 그는 바깥을 궁금해한다. “가방 밖 세상은 어떻게 바뀌고 있을까. (……) K는 가방의 바깥이 암흑으로 뒤덮이는 상상을 했다. 가방의 바깥이 우주의 바깥이라 해도 상관없었다. K는 이 세상과 영원히 결별하길 원했다." 가방의 의미와 관련하여 이 작품은 다기한 분석이 제기될 수 있을 것이다. 여기에서 제일 큰 부조리는 모든 것을 삼키는 가방이 아니다.

가방에 들어가도 사라지지 않는 예외적 상황에 처한 K의 입장이야말로 부조리하다. "오직 존재하는 것만이 사라질 권리를 가질 수 있으니까요"라는 최 군의 문장에 그가 붙들리는 이유도 거기 있다. 아무리 애써도 K가 가방 안으로 사라지지 않는다는 점에서, 한편으로 K와 연결된 가방 역시 사라질 수 없다는 점에서, 양자는 사라질 권리가 없는 대상이다. 바꾸어 표현하면 그들은 존재하되 존재하지 않는 것처럼 여겨질 수 있다는 뜻이다. 이와 같은 소설의 비현실적 모습은 현실에 내재한 실재를 환기한다. 사라질 권리를 갖지 못한, 존재하지 않는 이들이 비단 K와 가방만은 아니라는 진실 말이다. 소설집을 포괄하는 제목 '되겠다는 마음'을 따온 〈창고와 라디오〉는 〈가방 안에 들어간 남자〉만큼 환상적 요소가 부각되는 작품은 아니다. 그렇지만 이 소설은 비현실과 현실의 경계를 가로지르면서 둘 사이를 무너뜨린다.

라디오 작가인 '나'와 치기공사로 일하는 아내의 에피소드가 담긴 〈창고와 라디오〉는 이 밖에도 떠난 자와 남겨진 자의 자취, 위로와 복수의 불가분한 얽힘을 모두 살펴볼 수 있는 소설이다. 아내는 갑자기 종적을 감춤으로써 남편에게 바랐던 위로를 복수의 방식으로 표출한다. 물론 그 복수는 상대를 파멸시키려는 응징이라기보다, 자신이 원하는 물체로 변함을 관철시키려는 태도에 가깝다. 처음에 남편은 귀만 있고 나머지 신체 기관은 없는 창고가 되겠다는 아내의 말을 대수롭지 않게 흘려들었다. "무언가가 되겠다는 건 이미 되돌릴 수 없는 상태라는 거다." 강의 말을 듣고 나서야 그는 심각한 사안임을 깨닫는다. '나'는 사라진 아내를 찾아 그녀의 고향으로 행선지를 정한다. 그곳에서 그는 "미래의 아내가 나타나 이미 꾸었던 꿈을 이야기하고 있는" 기묘한 시간관을 체험한 적도 있다.

소설의 마지막은 뒤섞인 시간의 한가운데에서 펼쳐진다. 비현실과 현실이 교차하면서 신비한 광경이 연출된다. "창고 벽에 가로막혀 있어도 이제 나는 아내를 볼 수 있었다. 나는 무엇이든 될 수 있을 것만 같은 기분을 느꼈다. 오래된 트랜지스터 라디오가 되어 아내를 향한 주파수를 쏘는 것이다. 창고의 가벽 너머로, 우리가 마주할 수 있는 밤으로, 영원으로, 우주가 빨려들어가는 소리를 들려줄 수 있을 것이다." 아내가 창고가 되겠다고 한다면, '나'는 그녀가 즐겨 듣는 라디오가 되겠다고 맹세하는 엔딩을 당신은 어떻게 받아들일까. 형상이야 달라질지언정 사랑은 쉽사리 끝나지 않는다는 메시지로 납득하는 사람이 있다면 다행이다. 되풀이하건대 오성은은 "단조로운 일상 속에서 발견하는 생의 몽

롱함과 낮은 읊조림, 상처의 흔적들, 비로소 길어 올린 희망
과 환희"를 소설이라는 선과 선을 연결하는 음표로 전한다.
그의 악보에서 우리가 읽어내지 못한 공백이 아직 많다.

작가의 말

첫 직업은 한 방송국의 리포터였다. 첫 촬영지는 순천만이었고 첫 대사는 포구에 나가면,이었다. 작가가 써준 대본으로 인터뷰를 진행했고 대사를 잊을까봐 식은땀이 흘렀다. 문학청년이 기타를 메고 책을 한 권 들고 포구를 여행하는 콘셉트였다. 첫 책은《무진기행》이었다. 피디는 내가 문청이기 때문에 나를 뽑은 것이라고 말했다. 태어나 처음으로 짱뚱어를 보았고, 습지에서는 귀엽다고 말했는데 식당에서는 또 그걸 먹어야 했다. 순천만 습지의 갈대는 어딜 보나 갈대였고, 용산전망대에서 바라보는 노을은 어지러웠다. 해가 지기 전에 정상까지 달려와야 했기 때문이었다. 촬영팀도 지쳐 보였다. 나는 첫 촬영만에 도망가고 싶었다. 우리는 쉬지 않고 촬영에 매달렸다. 프로그램의 첫 제작이었고, 반응이 좋지 않으면 파일럿 프로그램으로 끝나버릴 수도 있기 때문이었다. 모두의 생계가 달린 문제였다. 나는 잘해내고 싶었지만 어떻게 해야 잘하는 건지 알 수 없었다. 그날 밤은 안개가 짙었다. 우리는 도로 위에 차를 세우고 안개가 걷히길 기다렸다. 포구의 여관방에서 몸을 녹인 뒤에 아침 해를 찍을 작정이었다. 누군가 이참에 엔딩을 먼저 따자고 말했고 그건 내가 준비해온 노래를 부를 차례라는 의미였다. 어찌어찌 발견한 엔딩 장소는 긴 선창이 있는 바닷가였다. 촬영팀이 세팅을 마치자 서서히 안개가 물러갔다. 나는 종일 메고만 다니던 기타를 가슴 앞으로 끌어안았다. 촬영감독이 카메라를 들고 있었고, 보조감독이 서치라이트로 나를 비췄다. 그 뒤로 피디와 작가가 서 있었다. 손가락이 잘 움직여지지 않을 정도로 날씨가 추웠던 것 같다. 카메라에 빨간 불이 들어오기 시작했다. 빨간 불은 일정한 속도로 천천히 깜박였다. 무진의 안개와 바다의 물결과 카메라의 렌즈와 캄캄한 하늘이 나를 짓누르던 그 순간, 나는 처음으로 목소리를 내어보는 사람처럼 조심스럽게 입술을 떼었다. 서러운 마음에 텅 빈 풍경이 불어온다. 몇 마디를 더 부르자 코드 진행을 바꾸며 시선을 다르게 할 여유가 생겼고 눈이 부신 조명 저 너머에 바다가 있다는 걸 알았다. 시간은 흐르고 있고 나만 혼자 이렇게 달라져 있다, 나는 덤덤히 내가 좋아하는 그 노래를 끝까지 불렀다. 얕은 파도가 선창을 적시고 있었고 어디선가 새의 울음이 들렸던 것 같기도 했는데 순간 모든 것이 고요 속에서 침묵했다. 노래가 끝나고 나서도 그 같은 고요는 한동안 이어졌다. 마침내 카메라가 꺼지자 그날 촬영은 끝이 났다. 이후 1년 동안 프로그램을 진행했지만 그 같은 고요는 다시 오지 않았다.

어떤 사람이 되겠느냐는 물음에 쓰는 사람이 되겠다고 답한 게 어언 스무 해 전이니까 그래도 그 말을 지키고 싶어서 열심히 살았던 것 같다. 어느 해에는 영화를 쓰겠다고, 어느 해에는 음악을 쓰겠다고, 또 어느 해 그 시절에는 쓰지 않기도 했다. 어떻게 살아가더라도 무얼 하고 살더라도 결국에는 한 지점으로 닿을 수 있다고 믿고 있었다. 그렇게 어느 해가 스무 번이 모이니 지금이다. 꽤 난감한 일이다. 나보다 난감했을 가족과 스승에게, 나를 발견해준 은행나무 편집부에, 묵묵히 기다려준 이들에게 감사를 전하고 싶다.

내가 쓴 소설들을 한 배에 태워놓고 어디론가 떠나보내는 자리라고 생각하니 한 시절의 고요가 다시 여기로, 내 방 안으로 찾아오는 기분이다. 작가의 말을 마치면 나는 그 시절들과 영영 헤어지게 되는 걸까.

지나보니 그 시절들은 하나의 마음이었다.

되겠다는 마음.

2022 초겨울

오성은

추천의 글

오성은의 문장에서는 소리가 난다. 파도 소리가 나고, 노 젓는 소리가 나고, 물결을 가르며 날아가는 새들의 날갯짓 소리가 난다. 생의 움직임들이 내는 소리들이다. 그의 문장을 따라가다 보면 소리는 울림이 되고 노래가 된다. 노래는 귓전에 맴도는 듯하다가 어느새 심금을 두드린다. 문장이 운율이 되고 이야기가 리듬을 타는 홀연한 순간을 소설 도처에서 만날 수 있다. 오래된 시간의 문을 열고 마주하는 착색 삽화처럼 아득하고 친근하다. 아득함과 친근함이 자아내는 경이로움은 소설만이 거느린 미덕이다. 아무리 되풀이되어도 새로운 이야기는 생명을 연장하는 무기이다. 그런 의미에서 오성은은 가인(歌人)이다. 호메로스처럼. 그는 이야기를 짓고 이야기를 들려준다. 거기에는 평생 뱃사람으로 살다가 마침내 배와 한몸이 된 노인의 고독이 있고, 오래 길들인 악기를 월세 대신 남기고 떠나는 악사의 공허함이 있고, 골동품 상점에서 매주 LP를 구입하는 글쟁이의 은밀함이 있고, 창고와 라디오를 하나로 품어버린 젊은 부부의 환상이 있다. 모두 소설로 닿고자 간절한, 그렇게 되겠다는 마음의 표상들이다. 시간 여행자가 되어 소설의 문을 하나하나 통과하고 나면, 소리가 짓든 낯선 소설의 참모습과 만난다. 소리는 곧 이야기의 장면화, 미장센을 작동시키는 동력인 셈이다. 오성은의 《되겠다는 마음》은 소리로 장면을, 장면으로 서사를 연출해가는 희귀한 개성의 출발점이다.

함정임(소설가)

추천의 글

오성은은 세상에는 슬픈 것이 가득하다는 것을 아는 작가이다. 그 슬픔이 인물의 마음에 어떻게 불을 질렀는지, 그리고 그 불꽃이 어떻게 타오르다 어떻게 꺼져가는지, 그는 오랫동안 그걸 지켜본다. 재가 식을 때까지 기다린다. 그리고 그 재의 마음으로 소설을 쓴다. 그렇기에 그의 소설에는 요령과 술수가 없다. 평생을 함께 한, 곧 폐선이 될 , 낡은 배를 타고 태풍을 가로지르는 늙은 선장처럼. 파도가 밀려와도 '고 어해(Goahead)'라고 중얼거리는 마음이 이 소설집에 녹아 있다. 요령 없이 앞으로 나가기 위해 작가에게 가장 필요한 태도는 정확히 질문하는 법이다. 정확히 질문한다고 정확하게 답을 할 수 있는 것은 아니다. 이야기란 정확히 질문하고 잘 모르겠다고 대답하는 그 사이에서 발생한다. 《되겠다는 마음》은 그 사이에서 발생한 이야기들로 가득 찬 소설집이다. “무언가 되겠다는 건 이미 되돌릴 수 없는 상태”이다. 작가는 언제, 어디서, 왜, 어떻게, 그렇게, 란 질문을 던지고 또 던진다. 그러면 겨우 가느다란 실금 하나가 보일 것이다. 그건 눈에도 보이지 않는 실금이어서, 밝은 눈이 필요하다. 밝은 눈으로 실금을 가만 들여다보면 거기에 슬픈 것들이 가득 들어차 있다.

윤성희(소설가)

되겠다는 마음

1판 1쇄 발행 2022년 11월 30일

지은이 · 오성은
펴낸이 · 주연선

(주)은행나무
04035 서울특별시 마포구 양화로11길 54
전화 · 02)3143-0651~3 | 팩스 · 02)3143-0654
신고번호 · 제 1997—000168호(1997. 12. 12)
www.ehbook.co.kr
ehbook@ehbook.co.kr

ISBN 979-11-6737-261-1 (03810)

• 이 책의 판권은 지은이와 은행나무에 있습니다. 이 책 내용의 일부 또는 전부를 재사용하려면 반드시 양측의 서면 동의를 받아야 합니다.

• 잘못된 책은 구입처에서 바꿔드립니다.

• 이 도서는 한국출판문화산업진흥원 '2022년 우수출판콘텐츠 제작 지원' 사업 선정작입니다.